時空の波紋

結月　弘

東京図書出版

時空の波紋 ◇ 目次

1　500円硬貨

　東向きの玄関扉には縦長の採光窓がついており、そこから注ぐ朝靄に和らいだ光が下駄箱の茶色の革靴を照らしている。

　幸司は、玄関先で忘れ物がないかを確認するため、いつものようにズボンの左ポケットの中の財布を出し、札と小銭の金額を調べた。札は一万円と千円がそれぞれ数枚、そして小銭が合わせて数百円程度あると安心する。

　左手に取った財布の札入れに3万円と数千円ほどあることを確認し、小銭ケースを傾けて小銭の金額を右掌に出して調べようとした時、一枚のコインが右手を滑り玄関フロアに落ちた。

　そのコインは、朝の光に反射して製造されたばかりの貨幣のように輝きを持った500円硬貨であった。

　幸司は、その500円硬貨を拾うと小銭ケースへ戻し、コイン全部の中に100円玉がないことが少し不安であったが、下駄箱から茶色の革靴を出し、左側から靴を履いた。

いつ頃からだろうか、靴は左から履くと良いことが起こると、なにかで読んだことがあり、少しバカバカしいと感じながら、以来ずっと心掛けている。

昨夜は一睡もしていないため、玄関扉を開けた瞬間、先ほどまで和らぎを感じた朝の光が、眩し過ぎるほどの光線として眼に突き刺さってきた。

体の中で生暖かい蒸気が発するような気だるさとともに、幸司は外へ出た。

門を出て、いつもは右への道を行く。

しばらく歩くとすぐにけやき並木通りに出る。

このけやき並木通りは道路の両側に植えられた大きな欅が約１㎞にわたって１００本以上並び、枝が緩やかな曲線を描いて対側の枝と道路中央で繋がりアーチを形成する。新緑の季節は、まさに瑞々しい緑のトンネルを築き、今が一年で一番美しい景色になる。

最近は、けやき並木の風情も手伝って、お洒落なピザ屋も出店し、カップルが街路のオープンテラスで食事をしたりしている。

信号を渡ると交番の横に小さな地蔵の祠があるが、人通りも多く立ち止まって手を合わせていると気恥ずかしいため、いつも会釈だけをする。

坂の途中には地元で有名な高校があり、登校してくる学生達とすれ違う度に、華やぐ若さはいいものだなと羨ましく感じ、いつも元気をもらいながら駅の正面改札口へと到着する。

しかし、今日は、気分が憂鬱なため、少し遠回りになるが、人通りの少ない左への道を歩き、駅裏改札口から電車に乗ることにした。

途中に、仁徳天皇陵の陪塚《ばいちょう》古墳である反正天皇陵があり、その古墳よりも以前に創祀の起源を有する方違神社がある。

幸司が住んでいる三国ヶ丘は、その名の通り小高い丘になっており、古くは摂津、河内、和泉の三国の境にあって、そのいずれにも属さない方位のない地とされてきた。そして古来より、その方位のない清地に建つ方違神社は方災除けの神社として信仰を集めている。

鬱蒼とした木々に囲まれているため、一歩足を踏み入れた瞬間、空気が変わり厳かな気分になる。

幸司は、真理子の快癒を祈願するため、境内参道に敷き詰められた玉砂利を踏みしめながら拝殿まで進み、財布を開けて賽銭箱に入れる小銭を探した。

普段は、決まって１００円硬貨を投げ入れるのだが、今日の財布の中には先ほど玄関で拾った、あの５００円硬貨と10円玉しかなかった。10円玉では祈願成就を頼むには安っぽ過ぎる感じがするし、なにより怪我で苦しんでいる真理子に申し訳ない気もする。そんなケチくさい考えを一瞬であっても感じた自分が、紀元前からこの丘に建つ社殿とそれを覆い包む木立の中で、恥ずかしい感じがした。

幸司は、財布から取り出した５００円硬貨を右手に握ってトスするように柔らかく賽銭箱に投げ入れ、いつもより長く祈願した後、一礼して空を見上げると、樹木の枝葉から差し込む木漏れ日が薫風にささらめくように降り注ぎ、少し歩いたせいか先ほどの気だるさはもうなかった。

昨晩、一睡もしていない理由は、友人の医師から聞かされた真理子の病状のためである。

鳥居をくぐり、振り向いて一礼すると、幸司はゆっくりと駅の裏口へ続く坂を下っていった。

左手の古墳の森が、住宅の辻ごとに一瞬見え隠れする。

やがて駅裏改札口に到着し、ちょうど急行待ちをしている各駅停車の電車の一番後ろの車両に乗る。

さほど混雑もなく、幸司が自分で勝手に指定席と決めている最後部の座席も空いていた。

幸司は、ターミナル駅までの20分間ほどのゆったりした時間がとても好きである。何を考えるでもなく、ただ左前方の車掌室の向こうに見える車窓を眺めて、ボーッと空想に耽るだけである。

しかし、今日の幸司は、今後の漠然とした不安と焦燥を感じていたため、眼には車窓の景色がただ映っているだけで何も見えてはいない。

真理子の病状が好転する方法はないのか。

奇跡が起こって助かることはないのであろうか。

それだけが、頭の中をぐるぐると回っている。

そんなことを考えていると、ふと先ほどの500円硬貨のことを思い出した。

神社で賽銭箱に投げ入れ、すでに幸司の手元にはないが、玄関先で落とした時に鮮やかな輝きを放ったあの500円硬貨がとても印象的であった。

あの時、自分は何故すぐに500円硬貨と思ったのであろうか。

その大きさのためであろうか。

いや、玄関フロアに落ちた時、500という数字が目に入ったために、500円硬貨と瞬時に判断したのであった。

そう考えていると、確か500円硬貨は落ちてしばらくはクルクルと回っていた気がする。

そして、やがて回転がゆっくりとなり、500という数字を上に向けて止まったはずである。

しかし、500という数字を地面側に伏せて止まる可能性もあるわけであり、この違いは一体何であるのか。

硬貨が裏表どちらを上に向けて止まるのかはどうして決まるのであるのか。

しばらく考えていると、昔読んだ、偶然と必然はいかに決まるのかという本を思い出した。

例えば、朝、出勤する時に玄関先でコインを投げ、表が出たら右へ、裏が出たら左へ歩き、駅へ向かうとする。

当然、右へ歩いた時と左へ歩いた時では、その日の自分の行動は違ってくる。

右または左へ歩いていく間にすれ違う人々の行動形態に影響を与え、また、反対に自分自身が影響を受ける可能性も存在する。

駅までの間に、もし自分が他人に影響を与えるとすれば、それは少なくともすれ違った人だけであり、もう一本筋違いの道を歩いていた人には全く影響を与えないのであろうか。

いや、自分がすれ違った他人にほんの少し影響を与えたために、その人が筋違いの道へ入り、もう一人の他人にごく僅かな影響を与える可能性も存在する。

池に小石を投げて起きた波が次の波を発生させ、また次へと徐々に大きく、しかし、次第に弱くなっていく波紋のように、コインの表裏によって変化させた自分の行動は一体どこまで周囲に伝搬し影響を与え、それぞれの個人の歴史として刻まれ保存されるのであろうか。

おそらく、その影響の伝搬は、自分に関係する周囲の人間までに留まり、そして徐々に弱まることにより、政治家や著名人にまで及ぶことはなく、歴史としての記録にまで影響を与えることはないと思われる。

そうであるなら、記録されない市井の歴史を変えることによって生じた波紋も、既に決定している記録された歴史を変えるまでには及ばないと思う。

表舞台に記録された歴史を変えずに済むのであるのなら、記録されず片隅に埋もれた名もなき歴史、すなわち自分を含めた市井の人々の歴史を変えることぐらいは許されるのではないだろうか。

そして、名もなき歴史を変えることが許されるのなら、過去や未来へ行き、この苦しい試練に抗《あらが》い、悲しい現状を打破したいと思う。

幸司は昨夜、漠然と考えていた飛躍しすぎた発想について、朝まで解答を得ることはなかったが、５００円硬貨によって、釈然としない状況からやや確信に近いものに変わった。

記録された歴史を変えることなく、自分の周囲の歴史だけを変えるための行動。

あまりにも馬鹿げているために、触れようともせず心の深層で勝手に打ち消していた疑問である。

しかし、突拍子もないことではあるが、一縷の望みでもあるなら調べてみるぐらいの価値はあるのではないだろうか。

気持ちが少し前向きになった時、駅名を告げる車内アナウンスが流れ、各駅停車の電車は目的のターミナル駅に到着した。

最後部車両に乗ったため、駅の改札口まではプラットホームをずっと歩いていかなければならない。

6両編成の電車分だから結構長いが、電車から降りた乗客全員の一番後ろから歩くことになるため、周りに急かされることもなく自分のペースでゆっくりと歩いて行くことができる。幸司が一番後ろの車両に乗るのは、こういった理由もある。

改札口を出て長いエスカレーターで地下に降り、すぐ左にあるエレベーターに乗って7階のボタンを押す。

幸司は、電鉄会社が運営している駅ビルの医療フロアで神経内科を開業している。元々は脳神経外科医であったが、脳や神経に病変があるため身体に異常をきたす疾患を扱う科ではなく、精神的問題によって身体に異常をきたしている疾患を扱う心療内科としての診療が多いクリニックである。

そのため、院内は白を基調とした明るい雰囲気にしている。

開業して、まだ3年にしかならないが、現代の社会情勢を反映して、鬱病やカウンセリングなどが多く、ビジネス街という場所柄のため、認知症などの疾患はほぼない。

裏口からクリニックに入ると、すぐ左の院長室のドアを開けソファに腰を下ろし、ペットボトルの無糖コーヒーを飲む。

以前はコンビニで扱うコーヒーといえば、甘ったるい加糖の缶コーヒーばかりであったが、最近は無糖のペットボトルコーヒーが増え、それぞれに味も異なり焙煎したコーヒーに負けないくらいで、コーヒー好きの幸司にとっては嬉しい限りである。

診察前に、ソファに座ってコーヒーを味わう瞬間が、ささやかだが幸司にとっては至福の時間でもある。

その後、机上のＰＣを開いてメールを確認する。

机の上には、幸司と真理子が、新婚旅行で久米島へ行った時に撮った写真が飾ってあり、日焼けした二人の笑顔が今の幸司にはやや物悲しい。

幸司が真理子と初めて出会ったのはこの写真の一年前に遡る。

そして、この写真の半年後にあの事故に遭うのである。

診療が始まるため、白衣を着て診察室へ向かう。

ビジネス街のため、診療時間は遅めの10時からスタートし、ほとんどが予約制で会社の休み時間に来院する患者が多いため、幸司やスタッフが昼食を摂るのは2時頃になる。

患者の多くは近隣のオフィスに勤めるビジネスマンで、仕事で上司や部下に神経を使う管理職クラスの年代が多い。

病状を診察するというよりは、仕事や家庭内の問題について愚痴を聞くような感じであり、それらの問題で発生するうつ症状が多く、処方する薬剤もだいたい同じになる。

患者と似たような症状が自分にもある場合があり、カルテに病名を記載しながら、自分も受診すれば同じ病名になるのかと思い、罹患している患者を同じ症状を持つ医者が診察していることに少し変な感じを受ける時がある。

今日も、最初の数人は再診患者や投薬のみを希望する患者が続いた。

その次は初診患者であったため、診察前に問診票に目を通し、名前・年齢・職業などを頭の中に入れていく。記入された文字は端正でかなり達筆である。

そして、最も重要な症状の欄にはやや奇妙なことが記載されてあった。

見覚えのある場所に自分のような変なものがみえる、とだけ簡単に書いてある。

一瞬、統合失調症の症状に思えたが、もしかして、いわゆるデジャブではないかと疑った。

デジャブとは、フランス語のdéjà-vuで、すでに見たという意味であり既視感とも呼ばれ、実際は一度も体験したことがないのに、すでにどこかで体験したことのように感じる現象である。

一般的な既視感は、確かに見た覚えがあるが、しかし、いつ、どこでのことか思い出せないというような違和感を伴う場合が多く、また過去に実際に体験したという確固たる感覚がある。

医学的には、統合失調症の発病時に現れるとの報告がある。

それ以上の情報は問診票からは得ることができないので、とりあえずスタッフに呼び込むよう指示した。

「どうぞ」と言うスタッフの声で初診患者が診察室に入ってきた。

やはり、中年のビジネスマンで、薄いエンジのネクタイを締めたワイドの襟元のワイシャツに紺のピンストライプのスーツを着た姿からは、エリート管理職を想像させた。

特に心療内科では、診察室に入ってくる患者の身なりや最初の仕草に注意することが重要であると幸司は常に気を付けている。それだけで診断の助けになることもある。

「どうされました？」幸司は注意深く表情を観察しながら質問した。

少し間があった後、やや気恥ずかしそうに躊躇《ためら》いながら患者がゆっくりと喋り出した。

「最近、変なものが見えるんです」

いきなり、意外な返答に一瞬当惑した。

「どんなものですか？」

「うーん、恥ずかしいんですが。自分なんです。自分がそこにいるんです」

「見間違いではないんですか？」

やはり、統合失調症の初期症状として現れるデジャブではないかと疑ったが、聞き進んでいくと幻覚や妄想の症状はないようである。

実際にはいないものがみえるという幻視があるため、レビー小体型認知症ではないだろうか。

しかし、目に入ったものを違うものとして感じる錯視がなく、また年齢も若いためその診断名も否定的である。

唯一、幻視だけがある。

そして、それは、自分が見えるという幻視である。

「数カ月前、会社に出勤しオフィスのドアを開けると自分のデスクに自分が座っているんです」

奇妙な話が始まり、もしかするとドッペルゲンガーではないかと思った。

ドッペルゲンガーは、自己像幻視と呼ばれる現象で、自分の姿を自分で見るという幻覚の一種である。

超常現象のひとつとして扱われることもあるが、医学的には、脳の側頭葉と頭頂葉の境界領域に腫瘍ができた患者が自己像幻視を見るケースが多いとされている。

実際に多くの著名人が自分のドッペルゲンガーを見たという記録も残っている。

以前、研修医時代にドッペルゲンガーのような症状を持つ患者を受け持ったことがあるが、クリニック開業後に外来患者として診察したのはこれが初めてである。

興味深く話を聞いていくと、

「スーツも全く同じで、パソコンを見ながら仕事をしているんです」

それでどうされました？　と幸司は聞いた。

「不思議な感じがしたので、思い切って話しかけようと思ったんですが、声が出ないんです。動くこともできないんです」

「そして、デスクに座っていたもう一人の自分はゆっくりと立ち上がり、やがてドアを開けて出て行ったんです」

そのあと、そのデスクに座ったが、その自分は再び現れる事はなかったと言う。

まさにドッペルゲンガーだ。

論文で読んだのと全く一緒だ。

そして、以前研修医時代に受け持った患者の症状とも酷似している。

この患者は、この後も時々こういった現象が起こるが、いつ起こるか予想できないし、もう一人の自分が見える風景はその時々で違う。

そして、少し老けていたり、若い感じの時もあるが、老人や青年の自分に会うことはないと言った。

しかし、今、時空について考えている幸司は、このドッペルゲンガーと疑われる患者は実は時空を飛び超え一瞬の過去や未来の景色を眺めていただけなのではないだろうかと思った。

とりあえず安定剤を処方し、頭部検査の必要性を説明したあと、一カ月後の再診を勧めた。

この患者のあとは、診察に手間取る患者もなく、予約制のためいつも通り定刻に診療が終了した。

スタッフリーダーに、妻が入院していることを簡単に説明し、しばらく休診する手配を頼んだ。

そして、院長室で帰る準備をしながら、電車の中で先ほどのドッペルゲンガーについて詳しく調べるため、いつもは置いて帰る机上のノートパソコンを鞄に入れた。

2　ドッペルゲンガー

クリニックを出てターミナル駅へ向かう。

すぐに、駅構内の3階までを一気につなぐ大階段があり、明るく開放的な吹き抜け空間となっており、以前は巨大なロケットが設置され、待ち合わせ場所として多くの人々に親しまれてきた。

その広場に面したベーカリーで夕食のパンを購入する。

あまりこの店に立ち寄ることはないが、今は家に帰っても誰もいないし、また食べるものもない。

この付近の飲食店で食べて帰ればよいが、真理子の容体が気になり、食欲もわかない。また、先ほどの患者について調べたいこともあり、夕食は家で食べることにした。

店先にセットで置いてあるトレイとトングをとり、美味しそうなパンを探すが、一周してもなかなか決まらない。結局、中央のテーブルに山積みになっているこの店No.1のコロッケパンにした。

トングでつまんでトレイに載せ、横にあるブドウパンも買った。甘めのブドウパンはデザートみたいなものである。

レジには行列が出来ているが、あっという間に順番がきた。

バイトの高校生のような二人が立っており、一人はレジ打ちを担当し、もう一人はパンを袋に入れていく。

いつも感心するが、流れ作業のように、トングの先で薄いナイロン袋の口を開け、パンをひとつずつ器用に投げ込むように入れていき、袋の口をクルッと一回転させ、瞬時にテープで止める。

支払いが済むとすぐに袋詰めのパンを手渡され、二人同時に「ありがとうございました」と挨拶をする。息の合ったコンビのようで本当に気持ちが良い。

帰りは、改札口から近い後部車両は混雑するので、プラットホームを歩き各駅停車の先頭車両に乗る。

今日はやや早めの帰宅なのでいつもより電車内は混雑していた。

座る場所がなかったため反対側のドアに体を預け、外の景色を見ながらドッペルゲンガーについて考えた。

以前、研修医時代にそういった症状をもつ患者を受け持ったことがあるので、ドッペルゲンガーについてはかなり調べた記憶があり、その時に多くの著名人においても報告があることを知った。

例えば、芥川龍之介は、ドッペルゲンガーに遭遇した経験があることを自らのインタビューの中で話している。その自分は、1度目は帝国劇場に、2度目は銀座に現れたと言っている。初期の頃の作品と違い、晩年の『歯車』や『二つの手紙』には、ドッペルゲンガーではないかと想像させる場面が描かれている。また彼は、『人を殺したかしら』というタイトルの未完の小説を残して服毒自殺しているが、ある日、編集者が、芥川の家で新作であるその小説を発見し読もうとしたのを見て、激昂した芥川はその原稿をビリビリに破いてしまった。翌日、彼の家を訪ねた編集者は、多量の睡眠薬を飲んで自殺している芥川の姿を発見した。その傍らには、破り捨てたはずの原稿が、なぜかシワひとつない完成形で置いてあったという。編集者が見たのは、芥川のドッペルゲンガーであったのかもしれない。

このように、芥川自身だけでなく彼の周囲にも不思議な出来事が起こっている。

また、ドイツの著名な詩人であるゲーテは、ある日、フリーデリケという女性と別れたショックで意気消沈して帰る途中、馬に乗ってこちらに向かってくる男に出会った。その男は着ている服は違うが、まさにゲーテ本人だったという。その8年後、ゲーテがその同じ道を今度は反対方向から馬に乗っていたとき、今着ている服装が、8年前に出会った自分が着ていた服装と同じであることに気づいたという。8年前に女性と別れ傷心状態で歩いていた自分は、実は8年後の未来を歩いていた自分なのかもしれない。

そのほかにもリンカーン大統領やエリザベス一世など枚挙に暇《いとま》がなく、著名人だけでなく一般人にもドッペルゲンガーを見た経験をもつ者は多い。

そんな事を考えていると、二つ目の駅で数人の乗客が降り、席が空いたため幸司は座って膝の上に載せたPCを開いた。

そのPCには、以前、学会で発表したドッペルゲンガーの患者についての資料が入っている。

5年ほど前の患者のことでかなり忘れていることも多いが、資料を開いて読み進めていくうちに詳細に記憶が蘇ってきた。

医学的にも稀な患者で、自分自身もいろいろな事で印象に残っている。

研修医時代に受け持った患者で、入院した日に病室での最初の診察に行く前、ひとつ上の先輩医師から、

「かなりインテリジェンスが高いので気をつけるように」と注意され、やや緊張気味にドアをノックしたことを思い出した。

ドアを開けると、やや色黒の男性がベッドに座ったままこちらを見て会釈した。口元に笑みはない。カルテには45歳と記載されているが少し老けて見える。

神経質そうな顔立ちで、先輩医師が言ったようにかなり知的である印象を持った。

この患者の病名は神経膠腫であった。脳腫瘍全体の20％を占め2番目に多く見られ、この患者はグレード2の悪性の神経膠腫である。

患者は、すでに外来で上司の医師から病状の説明は受けていると思われるが、もう一度自らも説明しておかなければならないため、看護師詰め所近くにある別室に案内した。

まず、病名を告知し、モニターで左側頭葉に主病変を認め一部が頭頂葉に浸潤していることを説明した。手術的には摘出可能であると言った。

左側頭葉は言語の記憶や理解力を司り、頭頂葉は左右の認識や計算力・文字記載力などを司るため、現在、それによる障害がないかを質問した。

患者によると、

「右左はわかるし計算もそれほど以前と劣っているとは思いません。また、文字もちゃんと書くことができます」と自分は病気ではないと主張するように言った。

ただ、横に座っていた奥さんが、

「でも、たまに最近の記憶と昔の記憶がごっちゃになったり、忘れたりする事があります」と打ち消すように付け加えた。

そして、

「一番変に思ったのは」と奥さんが話し出した。

「つい最近なんですが、主人が自分に会ったと言い出したんです」

奥さんが話しているのを静かに聞いていた患者が思い出したように喋り出した。

「そうなんです。仕事が終わって家に帰ると、リビングにもう一人の自分が座っているんです。何をするわけでもなく、ただ前を見て座っているだけなんです。気味が悪くてしばらく見ていると、その自分は立ち上がってトイレへ行ったんですが結局帰って来なかったんです」

思い出した。同じだ。確かに、今日診察した患者と同じことを言っていた。

しかし、その後は手術当日まで何事もなく過ぎていった。

手術は上司である講師の医師が執刀し、幸司は研修医であるため助手を務めた。

神経膠腫は周囲の正常組織へ浸潤していくため正常神経細胞と共存していることもよくあり境界線がわかりにくい。正常組織を過剰に切除すると術後にさまざまな機能障害が発生するが、取り残しがあると再発する。

しかし、神経膠腫の手術ではできる限り正常な脳機能を温存することが大切とされる。

そのため、プロポフォール静脈麻酔により、覚醒下での術中ナビゲーションと脳機能マッピングを使用し、手術中に覚醒させて機能障害がないかを確認しながら腫瘍摘出を進めていく。術中は麻酔科との連携が非常に大事になる。

覚醒下手術は術後の神経学的後遺症を低減し、病変の摘出率を向上させるためには非常に重要な手術法である。

手術が始まり、開頭された頭蓋骨の中から脳実質が見えてくる。

助手である幸司は、手術野に展開する脳実質を執刀医が手術しているのを見ながら、その時不思議に思ったことを今も覚えている。

患者が術前に話していた奇妙な出来事はこの脳から発生したのである。

目の前にある脳は、ただの塊であるのに、何故そこから思考が生まれ、自由に外へ飛び出していくのか。

そして、正常である脳実質が悪性に変化すれば、正常の思考は変化し、何故奇妙な体験や話が生まれるのか。

それは今摘出している腫瘍から発生する妄想なのか。

手術野を眺めながら考えていると、摘出された悪性脳実質を執刀医から手渡された。掌に乗っている塊を見ながら、改めて、何故この小さな形ある塊から、形のない思考が生まれるのであろうかと思った。

この悪い部分を取り除いてしまえば、あのような体験や話は無くなるのであろうか。そんな事を想像していると、「病理検査に出しますので検体を下さい」と看護師に急かされた。

しかし、術後もその奇妙な症状は残った。

退院までの約一カ月の間に二度ほどドッペルゲンガー様の体験をしている。

その症状の中で記憶に残っているのが、

「宇宙へ飛んでいく自分が見える」というものであった。

「ある晩、病室の窓から空を見上げると物凄い速さで飛んでいる青年のような自分がいるんです」

と言っていた。

そういえば、確かロケットに乗って宇宙を旅している人間は地球に戻った時、周囲の人間より若く、年を取っていないとその時思ったことを記憶している。

非常に印象深い話で今も鮮明に覚えている。

「そして、その若い自分はそのまま宇宙へ飛んで行ったんです」と患者が言ったはずである。

その時は簡単に考え、まだ、ドッペルゲンガー症状は残っていたが、いずれ消失していく可能性が高いと患者に説明し、合併症もなく術後の経過が良好だったので退院を許可した。

その後は、この患者の事もいつの日か忘れてしまっていたのである。


電車が止まりプラットホームに降りたが、受け持ち患者の記録のなかで、最後の言葉がなぜか少し気になったので、すぐには駅の改札への階段を上らず、プラットホームの売店でコーラを買いベンチに座って飲んだ。

どうも最後のあの話が引っかかる。光のような速さで飛んでいた自分が青年のようであったという話。

何か同じようなことを見たか、聞いたか、の記憶が自分にあるが、どこで見たのか、何で聞いたのか思い出せない。

デジャブではないかと思ったが瞬時に否定した。

そうだ。思い出した。

有名な『猿の惑星』のラストシーンだ。

幸司の中で何かが弾けた。

『猿の惑星』という映画は原作とは少し違うが、宇宙飛行士である主人公を乗せた宇宙船が準光速航行している時にトラブルの発生で、ある惑星へ不時着する。その星は高度な知能をもつ猿が征服し人間をも支配していた。そして、猿に追われて逃げる主人公が最後に見たものは、海岸に胸から下が地中に埋まった自由の女神像であった。光速に近い速さで宇宙船に乗っていた主人公が到達した場所は実は未来の地球であったという話である。

閃光のような衝撃があるが、その衝撃が何かすぐにはわからない。

ベンチに座り頭を抱え足元を見ながらじっと考えた。今閃き感じたことを頭のなかで整理していく。

しばらくして、ぼんやりとしていたものが、一瞬にして明瞭な形へ変化した。

つまり、光速に近い速度で移動すれば未来へ行くことができるということか。

しかし、本当にそんな事ができるのであろうか。

そんなものがあれば既にニュースで取り上げられているだろうし、幸司も知っているはずである。

ただ、現実的ではないが少なくとも可能性がある。

今現在、手段や方法がこの世に存在しなくとも理論的には未来へ行くことはできるということなんだ。

理論的に可能であるなら、過去や未来へ行く手段を見つけ、そして、池に小石を投げて起きた波紋が次第に弱くなっていくように、表舞台に記録された歴史にまで影響を及ぼさずに済むのであるのなら、時空を超えて、市井に暮らす名もなき歴史を変えることぐらいは許されるのではないだろうか。

実際、今そのような手段がなくとも理論的に微塵の可能性でもあるなら、時空を飛び超える方法を探してみよう。

わずかに芽生えた想念を試行することに何の躊躇もなく、意を決したように幸司は立ち上がり、飲み残したままのコーラの缶をごみ箱に投げ入れ、階段を一段飛ばしに上った。

駅正面改札口を出た幸司は、急行電車が通り過ぎるまで下りていた遮断機が上がりきるのを待ちきれず、くぐるようにして踏み切りを渡り、いつもの坂を一気に駆け上がって行った。

玄関扉を開け、右手にあるスイッチを押して明かりをつけた。

「お帰りなさい」と言う真理子の明るく優しい返事がないことはもちろんわかっているが、幸司は寂しさを紛らわすために、

「ただいま」と言いながら、茶色の革靴を下駄箱にしまった。

すぐに2階へ上がり、鞄から出したPCを書斎の机に置き起動させた。

駅構内で買ったパンを食べながら、天文学や物理学の文献検索で、光速・時空などのキーワードを入力し、思い当たる抄録だけをダウンロードしていく。PubMedでの医学文献の検索で慣れているが、専門外のためなかなか捗《はかど》らない。ダウンロードした文献を読むが理解できない計算や方程式はパスしていく。

まず、光の速度について調べてみた。

光速は宇宙における最大速度であり、太陽が放つ光は地球まで約8分20秒、月からは2秒で到達する、と書かれている。

以前、アポロ11号が初めて月面着陸し人類が最初の一歩を踏んだ記録映画を見たことがあるが、その時、月に行くまでとてつもない時間がかかるんだと思ったことを覚えている。

それが、月から地球まで光はたった2秒で到達する。驚くほど速い。

そのあと、いろいろな論文を調べていくと、あのアインシュタインの有名な相対性理論

が目に入った。

特殊相対性理論と一般相対性理論の二つがあるが、さっき考えていた光速での移動に関する理論は特殊相対性理論に書かれている。

絶対的であると考えられていた時間というのは実は相対的であるということ。

そうか。相対性理論の「相対」とはそういう意味なんだ。

つまり、時間は人によって流れ方が違い、また変えることもできるということらしい。

私たちが気づかないだけで、実際に日常生活においてごく僅かであるが人によって流れる時間は違うと書かれている。

そして、光速で移動すれば周囲の時間より遅いため、理論上は、未来へ行くことができるとされている。

しかし、光速で移動できる手段やタイムマシーンがない現状で、なににその術を求めれば良いのだろう。

また、未来へ行くことができるとしても、希望する未来へ行くことができるのだろうか。

調べていくうちにその疑問に関する記述があった。

同じアインシュタインの光量子仮説である。

この仮説では、光は粒子であるという。すなわち、光はフォトン（Photon）という粒で出来ている。

幸司は不思議な感じがした。光が粒子でできているなど、今まで日常生活の中で考えたこともなかった。光は、その時の状況で色が違うだけで、カラフルな空気のようなものと思っていた。いや、光が何でできているかについて考えようとしたこともなかった。

しかし、光量子仮説はつぎのように説明する。

光が空間を連続的に均一な面として広がっていく場合は無限に薄まって行くため遠くの星は感知できないほど薄まり、夜空は真っ暗になってしまう。

しかし、光が不連続で粒子としての性質を持つ場合は、どんなに遠くへ行っても一つの粒子は保たれたままであり、夜空が満点の星に輝いているのはその理由からであるという。

アインシュタインというと、まず相対性理論を思い浮かべるが、実はこの光量子仮説の方が画期的発見とされている。

もうひとつ、希望する未来へ行くための疑問を解くヒントがあった。

イギリスの物理学者であるヤングの「光の干渉」の論文である。

この研究では、光は波であるという。

干渉とは、光の波の振幅が重なり合って、強めあったり弱めあったりしながら、明るくなったり暗くなったりすることである。

光の波の山と山が重なり合うと明るくなり、山と谷が重なり合うと暗くなる。

確かに、夜空の星は一定の明るさではなくキラキラ輝いているように見える。

嫌という程の文献を読み終え、自分なりに解釈した結論を幸司はノートにまとめた。

まず、光の速さで移動すればその時間は遅くなり未来へ行ける可能性がある。

その光は無数の粒子の波である。

そして、光の粒子すなわちフォトンという物質が波のように広がっていくのであるなら、物理学的に、その波紋をどこかで干渉して光という物質を停止させ、希望する未来へ行くことができるのではないだろうか。

しかし、理論上は可能であるが、やはり、今どこを見回しても光速で移動できる手段など見当たらないし聞いた事がない。

やはり、光速で時空を飛び超えるという方法は現実的ではないと幸司は思った。

それでは、その他に時空を跳躍する方法は存在しないのであろうか。

幸司は諦めず、今まで読んだ理論を頭の中で整理し、その中で、理解できなかった一般相対性理論があったのを思い出し、もう一度最初から読み直した。

この理論では、空間には時間が伴う、とされている。

そしてその空間を捻じ曲げることができれば、相対的である時間も捻じ曲げることができ、過去や未来へ行くことができる、ということが書かれてある。

まず、空間に時間が伴う、とはどう理解すればよいのだろう。

幸司は具体的に想像してみた。

例えば、ある空間に箱が置いてあり、全く動かない状態であれば、いかにも時が止まっているように見えるが、当然時間は流れている。

そうか。

空間と時間は切り離せない。つまり一体となっているんだ。

逆に、時間のない空間というのは何もない、すなわち無ということなんだ。

そうであるなら、自分が今いる現在という空間を変えれば、それに伴う時間も変わり、過去や未来という別の空間に行くことができる。しかし、果たして、そんなことができるのであろうか。

ある程度の理解はできたが、まだわからないことが多すぎる。

一般相対性理論をより詳しく調べるために、明日、図書館へ行こうと考えた。

シャワーを浴び、ベッドで寝ると寝過ごしそうなのでソファに横になった。

すでに明け方4時30分になっており、窓の外はまだ薄暗いが、確実に朝の光が広がり始めている。宇宙からのすべての光の粒が薄まることなく届き出している。

今まで暗闇のようだった幸司の頭の中にも、わずかではあるが光が差し込み出している。

少し気分が楽になり、静かに幸司は目を閉じた。

3　仁徳天皇陵

翌日、昼前に家を出て図書館まで歩いていく。図書館までは自宅から車ですぐだが、昨日考えたことをいろいろと頭の中で整理する必要もあり、また歩いても30分程度で着くため、スニーカーを履いて徒歩にした。途中に世界最大級を誇る前方後円墳の仁徳天皇陵古墳があり、図書館まではこの古墳のほぼ半分の外周の緑道を歩いて行くことになる。

この仁徳天皇稜を中心とした多くの陪塚古墳で構成される百舌鳥・古市古墳群は正式に世界文化遺産に登録された。

仁徳天皇陵は、今はただこんもりした森のような古墳だが、5世紀前半から半ばに築造された当時は、墳丘の斜面は葺石で覆われ墳頂部に円筒埴輪が並べられ、壮大な外観であったと思われる。

ヤマト王権への大陸からの使者が堺の港に上陸した際、最初に目に飛び込んでくるように、そして威圧するかのように、仁徳天皇陵は海近くの高台に築造されている。また、権力を誇示するため、より巨大に見えるように、その前方後円墳は海岸に対して横向きに配置されている。

当時、百舌鳥・古市古墳群は200基以上あり、日本最古の官道である竹内街道は堺を出発地としてこの古墳群の中央を貫き大和朝廷へと繋がる。

シルクロードから海路により伝来した仏教や先進文化をもたらした大陸の使者達は、まず上陸時、仁徳天皇陵に度肝を抜かれ、大和朝廷への道すがら数多《あまた》の巨大古墳群を見ながら、倭国の権勢に驚いたことであろう。

堺の歴史といえばこの仁徳天皇陵が最も有名であるが、それ以外にも、旧市街地は古くは環濠に囲まれた自由都市であり、戦国時代には鉄砲が盛んに作られ、それを武将たちが買い求め、戦のスタイルを大きく変化させた。今も鉄砲鍛冶屋敷が現存し内部には火縄銃が保存されている。

また、その後の安土桃山時代には、堺の魚問屋の商家に生まれた千利休が、当時の茶の湯の第一人者であった武野紹鴎に師事した。

現代であれば裕福な家庭の子供が塾に行くようなものだろう。

そして利休が完成させた侘び茶は今も茶道に受け継がれている。

この仁徳天皇陵の隣にある大仙公園には博物館があり、入口の両サイドには、紹鴎と利休二人の石像が向かい合わせで置かれている。

その他にも数多くの文化人を輩出した痕跡がいたるところにあり、幸司の小学生時代の通学路は与謝野晶子の屋敷跡であり、今は晶子の歌碑が建てられている。

その時代の女性にしてはかなり情熱的な作風は、やはり自由を重んじる堺という街に育ったことも影響していると思う。

そして、そのすぐ南側には利休の生家跡があり、北側にはザビエル公園がある。

中世に貿易港として栄えた堺の港にキリスト教布教のため、フランシスコ・ザビエルが上陸したことに因んで名付けられた公園であり、子供のころはキリンを模したジャングルジムがあり友達とよく遊んだことを覚えている。

また、その貿易港から当時貴重であった芥子の実やシナモンが輸入され、茶の湯の際に出される和菓子に使用されていた。そのため、色鮮やかで雅な京和菓子と違い、堺の和菓子は利休の性格を表すかのように質素であるが味わい深さがある。

人物だけではない。

その港近くの浜には、大正時代、日本初の民間航空会社が水上空港を構え、定期旅客便運航を行っていた。現在の全日空（ＡＮＡ）の前身である。

このように、鉄砲鍛冶をはじめとする匠の技や自由な発想が堺にはもともと根付いている。

この街は歴史の宝庫であると同時に自由都市の気風が今も残り、幸司はとても好きな街である。そういった歴史が小さな頃からいつも幸司の身近にあり、歴史が受け継がれていく不思議さを自然と肌に感じていたように思う。

先人が歩いた道を同じように歩いている。

ただ、時が違うだけで同じ時間軸であれば出会ったであろう事が本当に不思議だ。

そして、その堺の歴史の始まりとなっているのが、今幸司が歩いている仁徳天皇稜であるといっても過言ではない。

この仁徳天皇陵は三重の周濠で囲まれており、図書館まで一番外側の周濠を左に見ながら行くと、間もなく人工的に整備された小川に出る。

小学生の頃は、まだ自然のままであった小川でよくアメリカザリガニを捕ったものだ。割りばしの先に紐を結わい、片方の先にスルメを結ぶ。ゆっくりと大きな石の付近にスルメを沈めると、匂いに引き寄せられて、すぐにアメリカザリガニが鋭いハサミでスルメを挟む。そのままゆっくりと引き上げると意外と簡単に獲ることができた。

また、一番内側の周濠は古代のまま保存されているため、見たこともない大きな魚が住んでいると聞いたことがあり、子供心にすごく興味が湧き、その日は寝る前に布団の中で、どんな魚だろうと想像を膨らませた記憶がある。

そんな懐かしい昔を思い出しながら、図書館に着くと、すぐに入館の手続きを済ませた。何から調べていいのかもわからないため、とりあえず相対性理論の書物がありそうな専門書コーナーへ行く。

この図書館は学生時代にも気分転換に勉強をしに来たことがあって、勝手がわかっている。

天文学や物理学関連のコーナーは利用者が少ないためか、右手一番奥にあり、その周辺は図書館独特のややカビ臭い古い印刷紙の匂いがするが、幸司はこの匂いが嫌いではない。

書籍棚の上の段をゆっくりと左から右へ探していき、それを順に下の段へ進めていくが、なかなか見つからない。ちょうど上から5段目の書棚を探していたとき、1冊の本が目に入った。

——あった。やっと見つけた——

アインシュタイン博士の相対性理論についての解説本であった。かなり分厚い本である。見ただけですでに読む気がしないが、ページを開いてその文字の小ささに余計億劫になる。

総論を飛ばし、各論から入った。

非常に難解な理論ではあるが、昨晩の予備知識があるため理解できる部分も多い。

ノートにまとめながら読み進んで行く。

概略としては、次のようなことが書かれてあった。

相対性理論には二つある。特殊相対性理論と一般相対性理論である。

特殊相対性理論では、絶対的であると考えられていた時間というのは、実は相対的であるということ。

つまり、時間は人によって流れ方が違うということ、である。

この理論は昨晩かなり理解できている。

その証明のための計算式が書かれているが、難しくてパスする。

そして、光速で移動すれば、理論上は、未来へ行くことができるとされているが、現代においてそのような方法がないことは、素人の幸司でもわかっている。

光速での移動手段がない以上、何か光を利用する方法を考えようとその他の関連書物も読んだが解決できない。

光速で移動する。これはやはり無理だなと思い、この方法は諦めることにした。

そして、昨晩、家に帰ってから朝まで理解できなかった、もうひとつの一般相対性理論を読んでみた。

一般相対性理論では、空間には時間が伴う、とされている。

そして、巨大な磁場により空間を捻じ曲げることができれば、相対的である時間も捻じ曲げることができ、過去や未来へ行くことができる、ということが書かれてある。

空間には時間が伴うということについては、昨晩ある程度理解できている。

つまり、空間と時間は切り離せない塊のようなものである。

だから、今自分がいる現在という空間を捻じ曲げることができれば、それに伴う時間も捻じ曲がり、短縮されるということか。

そして、短縮された近道のような時間を通って時空を飛び超えるということだろう。幸司はそう理解した。

しかし、巨大な磁場により捻じ曲げると書いてあるが、そんな手段があるのだろうか。

脳神経外科医である幸司は、頭部の病変を検査する場合ＭＲＩ装置をよく使うため、磁場についてはかなり詳しい。

ＭＲＩとは、磁極であるＮ極とＳ極を利用して、その磁気力がおよぶ空間である磁場をドーム内に発生させて、頭部をはじめ様々な臓器を撮影する装置である。

幸司は、以前ＭＲＩの原理を調べた時に、Ｎ極と磁場は同じ方向へ向かうと書いてあったことを記憶している。

そうであるなら、N極の進行方向を左へ回転させれば磁場も左へ捻れ、右へ回転させれば右へ捻れるのではないだろうか。

しかし、空間を捻じ曲げるほどの巨大な磁場とは一体どれくらいのものであろうか。

これ以上は自分一人の力では無理だと思い、太陽系惑星について研究している天文学者の義父に聞いてみようと考えた。何かわかるかもしれない
自分なりにかなり核心に近づいたつもりだが、まだまだ理論の域を越えない状態であり、現実的にどうすればよいのかわからない。

ともかく、何か突破口を見つけるため、明日義父を訪ねてみようと思った。


絵空事ではあるが、理論的には可能であるというわずかな希望を持ち、前方の窓から差し込む西日が目の前のノートを照らしているため、時間がかなり経っていることに気がついた。

あまりにのめり込んでしまった幸司の時計は午後5時を指しており、昼食を食べることも忘れていたが、それほど腹は空いていなかった。

同じ道を帰りながら、頭の中でさきほどの理論を反芻し、その理論を、「時空を飛び超えたい」という幸司が希望する突拍子もない考えへ無理やり結び付けようとする。

往路の時よりかなり精神的に疲れたため、途中のベンチで古墳を見ながら一休みし、図書館を出る前に、自動販売機で買ったペットボトルの無糖コーヒーを飲んだ。

ベンチから、遊歩道沿いに建立された万葉歌碑が五つ見える。そのうち四つには、この陵《みささぎ》に眠る仁徳天皇を恋い焦がれる磐姫皇后が詠んだ和歌が刻まれている。

仁徳天皇の御歌もこの近くの公園の石に刻まれているが、小さくて見過ごしてしまいそうになる。

たくさんの民家の竈《かまど》から立ち昇る煙を見て、民が安寧に暮らしている風景を喜ぶ御歌からは、仁徳天皇の穏やかで優しく真面目な人柄が偲ばれる。

磐姫皇后が恋い焦がれて多くの和歌を詠んだのも頷《うなず》ける。

以前、『万葉集』に挑んだことがあったが、全体に恋心を詠う和歌が多く、馴染めない感じがして途中で挑戦するのを止めた。

ただ、俳句は瞬間の感情や閃きを言葉にするため、性格的には合う感じがしてどことなく好きである。たまに、旅行へ行ったときに絶景に遭遇すると、頭の中に浮かんだりするが気恥ずかしさが先に立って詠むのを諦める。

幸司が一番好きな俳句は、有名な松尾芭蕉の「夏草や兵どもが夢の跡」である。

幸司が座っているベンチの周囲にも、まだ初夏にしては少しむせ返るような草いきれがあるが、この句にある夏草は寂寞とした感じを受ける。

俳句とは、一瞬の映像を切り取って言葉にしたものであると聞いたことがある。

この俳句はなんの変哲もない一瞬の草むらの映像のなかに、永遠の栄枯盛衰が込められており、今、幸司の頭の中は時空についての考えで一杯であるため、この俳句が浮かんだのも偶然ではないような気がした。

そういえば、この句集である『奥の細道』の冒頭も、「月日は百代の過客にして行きかふ年もまた旅人なり」である。

時間を永遠の旅人に例えたこの序文も、また時空をあらわしている。

伊賀国生まれの芭蕉は、実は忍者であるという俗説が囁かれるが、もしかすると、時空を旅することができたのではないだろうか。

そして、時空の旅人である芭蕉のように、密かに、誰に知られることもなく、過去や未来を旅している人間が周囲にもいるのではないだろうか。

紀元数世紀から微動だにせずそこに横たわる陵墓を見ながら、幸司は一気にコーヒーを飲み干した。

4　脳と宇宙

幸司が真理子と初めて出会ったのは、義父の学会で質問した一月後に、義父の家に招かれたときである。

義父である清の家は、南海高野線初芝駅から歩いて10分程度の閑静な住宅街にあり、途中には印象的なロータリーが二つある。

晩秋の暖かな昼間、清の休みの日に、書斎で宇宙に関する難しい専門語ばかりの講義を受けていた時、お茶を運んでくれた真理子を見て、その美しさに少し見惚れ、勝手に照れていた記憶がある。

初めての会話は、

「天文学を専攻されているのですか？」と言う真理子の問いに、

「医者です」と答え、驚いた表情がまた美しいと感じたのを覚えている。

真理子は、

「お医者様がなぜ宇宙に興味があるんですか？」と質問した。

かすかにうろたえている幸司をかばって、清が説明した。

「幸司君はね。宇宙と脳は似ていると言うんだ。それで、診断に苦慮する疾患があって、宇宙になにかヒントがないかと思っているんだよ」

真理子はあまり興味がないようであったが口元には笑みがこぼれている。

「ごゆっくり」と言って奥へ下がった。その一言には、上品な柔らかさがあり、難しい話ばかりの中で一服の清涼剤のように感じた。

そして、今日の招きは、実は、幸司と真理子を出会わせるための清の計らいだったことが後でわかった。

やや奥手な幸司は、清の手助けもあり、初めてデートにこぎつけたが、場所は無難な遊園地しか思い浮かばなかった。

次の日曜日、朝早く、幸司は車で家まで真理子を迎えに行き、姫路にある遊園地へ行った。遊園地までは1時間半ほど高速道路をドライブすることになる。

その間、幸司と真理子はお互いに自分のことを相手に話した。

真理子は、幸司より3歳年下で、年齢よりかなり若く見える。

中之島の大手商社に勤めており、幸司と同じ沿線であり、

「二人は会っているかもしれませんね」と真理子は笑いながら言った。

自己紹介のような会話が続き、そのあとは他愛もない話であったが、その話ぶりから、控えめではあるが明るくてよく笑うといった印象を受け、かきあげた長い黒髪からときおり覗かせる鼻筋の通った聡明な横顔が素敵だった。

途中、サービスエリアで休憩するのも忘れ、あっという間に遊園地に到着した。

この遊園地には動物園が併設されており、中国地方はもとより兵庫県民や大阪府民で賑わう有名な憩いの場所である。

まず、ゲートをくぐると最初に遊園地がある。

子供ばかりで賑わっているため、大のおとなが二人で遊具に乗るのも気恥ずかしい。せっかく来たのだからと一つだけ真理子が運転するゴーカートに乗ったが意外と面白い。園内を回りながらベンチに座ったり、観覧車をバックにスマホで自撮りしたり、昼は園内でハンバーガーを食べ、午後からは動物園へ行くことにした。

この動物園は車に乗ったまま敷地内へ入ることができるドライブスルーサファリで、ゲートが開くと、最初は草食動物エリアになっている。

車窓から象やシマウマを眺めながらゆっくりと車を移動させていく。

真理子はとくにキリンが好きなようだ。

次の肉食動物エリアには、ライオンやトラが優雅に寝そべっており、かなり向こうにいるが結構迫力がある。

思っていた以上に動物の種類や数が豊富でもっとゆっくり見たかったが、日曜日で混んでいるため後ろからの車に急かされ止まることもできず、気がつくとエリアの外に出ていた。

夕方早めに遊園地を出発し車で15分ほどの旅館で夕食を摂ることにした。

日帰り入浴もできるため、食事の前にまずゆっくり露天風呂に入った。

湯けむりの向こうには日本の原風景のような晩秋の里山が広がる。

遠く西方には播磨富士と明神山が秀麗な姿を見せて佇み、手前には田園の播磨平野が広がり、その中央を夢前川が流れている。

その川から引き込む用水路に浮かぶ水車が、軋む音を立てながら回っている様を眺めていると、ゆったりとした時間が流れ、久しぶりに身体が癒された感じがする。

部屋にはすでに食事の用意がされており、座布団に座っていると、すぐに真理子が「いいお風呂だったわ」と言いながら襖を開けた。

「ここのお湯はとても気持ちがいいですね」と配膳をしている旅館のスタッフに話しかける。

「この源泉は少しぬるっとしているでしょう。お風呂から上がった後も肌に染み渡る感じがあって、お客様にはとても好評なんです」

「本当にそうだわ。まだ、湯船に浸かっているみたい」

行きの車中で聞いたとおり、真理子は本当に温泉が好きなようだ。

そしてこの何気ない会話を聞きながら、真理子の周囲への配慮や気配りが感じられ、その人柄の良さに好印象を持った。

夕食が終わる頃には外は真っ暗で、帰りは名残惜しさもあり、ゆっくりと左走行車線を走りながら、途中サービスエリアに立ち寄ったりした。

真理子の家に着くと、清の書斎である2階の窓には明かりが灯っている。心配しているのかもしれない。

助手席のウインドーを下ろし、

「お義父さんによろしく」と言うと、

「今日はとっても楽しかったわ。ありがとう」と言って会釈したその姿が心に残った。


初春の木枯らしに、真理子の家の庭に植えられている椿の木々が悴《かじか》んでいる。

前栽にある椿は、これからの本番に備えてすでに鮮やかに赤く咲く準備を整えているようだが、真理子が丹精込めて育てている水仙はまだ咲く気配もない。

庭に面した6畳の和室には縁側があり、隙間風を防いでいる小洒落た雪見障子から僅かに見える薄暗い庭を左に感じながら、幸司は、近々正式に義父になる清と向かい合わせで炬燵に入りビールを飲んでいる。

障子が開いて、真理子が入ってきた。

木枯らしが吹いている割には、真理子は薄着である。紺のカーディガンをはおり、その右手の盆の上にはお待ちかねの料理が載っている。

2カ月前、幸司が初めて真理子と出会ってから、家に招かれるのはこれが3回目であり、その度にいつも真理子の手料理をご馳走になる。

「幸司さん、大好きな海老の天婦羅が上がりましたよ」と言ってテーブルの上に大きな皿が置かれた。

その白い大皿には、海老の天婦羅が4~5本とそれ以外に野菜などの天婦羅も載っている。そして、天つゆが入った小鉢と薄緑色と茶色の塩が入った小皿が二つ出てきた。

不思議そうに見ている幸司に、

「海老は天つゆで食べてね」

「それから、緑は山椒塩で茶色はカレー塩だから、野菜の天ぷらはどちらかお好みで」

真理子は小皿を指差しながら丁寧に説明してくれる。

「私は、ズッキーニはカレーが合うと思うわ」

大皿には細長い春巻きも数本載っている。気になったので、まず春巻きに箸を伸ばした。

「それは小海老と紫蘇を巻いているの。山椒塩で食べると美味しいと思うわ」

「ありがとう」と言って幸司は、まず春巻きを山椒塩につけて食べた。初めて経験する食感と味だが、とても美味しい。

「しかし、君は本当に天婦羅が好きだな」と清が感心したように言う。

「母親が早くに死んで、ずっと真理子が料理を作ってくれているから、父親の私が言うのも変だが、料理だけは本当に美味いと思うよ」

「いろんな店で天婦羅を食べますが、真理子さんの天婦羅が一番美味しいですね」

「有難う。嬉しいわ」

「大学生の頃、下宿先で自炊をしてたんです。一度天婦羅を作ったことがあるんですが、うまくいかなくて、ただの小麦粉の塊のようなものになってしまったんですよ」

清が思わず吹き出したが、真理子はかなりツボにはまったようで腹を抱えている。笑わせるつもりで話したわけでなく、何がそれほど面白いんだろうと思いながらもそんな真理子が微笑ましい。

母を早くに亡くし、父一人娘一人の生活の中で、義父もこの笑顔に幾度となく救われたことだろう。

しばらくして真理子が天婦羅の作り方を教えてくれた。どうやら、コツは小麦粉を溶かす水を低温にし混ぜすぎないことらしい。

「でも、あまり食べ過ぎると体に良くないよ。医者だからわかっているだろうけど」

「それにしても、天文学会会場の廊下で、初対面の私に質問してきた君が実は医者、それも脳神経外科医であったのには驚いたよ」と清は言った。

真理子も頷きながら、

「いつもお父さんが連れてくる人たちは天文学を研究している人たちばかりだから、幸司さんが脳神経外科医だと聞いて私もびっくりしたわ」

3カ月前、幸司は毎年秋に開催される天文学会に出席した。

高校生の頃から脳科学分野に興味があり、医学部に入り脳神経外科を志した。

そして、脳神経外科医として脳腫瘍などの手術をしている時にたまに不思議に思うことがあった。

今、自分が摘出している脳実質から、なぜ形のない思想が発生し、形のある身体のなかを駆け巡るのだろうか。

そして現在、心療内科として開業しているが、神経疾患の患者を多く診ていると、人間の脳とは一体どのような働きをしているのだろうか、そういった脳の根源的な部分へ行き着く。その根源の理由を調べようとすればするほど、それがやがて形があるようで形のない宇宙へと結びつく。

そして知人から天文学会の話を聞き、抄録を入手した幸司は特に興味を持った義父の発表会場へ行ったのである。

「僕は脳と宇宙の関係性が知りたくて、たまたま学会のお義父さんの発表を聞きに行ったんですが、会場のフロアで聞いただけでは、あまりに難しくて理解できず、それで廊下で直接質問しようと思ったんです」

「でも、質問しているところへ私の教室の若い研究者たちが寄ってきて大変だったよね」

「そうでしたね」

「えっ、誰？」真理子が興味深そうに聞いてきた。

「髭の生えた人でしたよね」と幸司が言う。

「北村さんね」若い研究者たちがよく家に来るようで真理子は皆の名前を知っているようだ。

「独特な感じの人でしたね」

人は良いんだがと言って清は苦笑いした。

「天文学を志す人間は宇宙の話になるとすぐ夢中になるんだ」

「確かにその後、皆で飲みに行きましたが、すごい熱気で圧倒されそうでした」

天文学者ばかりの飲み会に医者である幸司も参加していたことに真理子は驚いた様子である。

「大変だったでしょ？」

「いや、そうでもなかったよ。面白かったよ」と幸司は答える。

「でも、いきなり、はるか遠くの惑星の話になって、その惑星と地球の間の距離を計算し始めた時はびっくりしましたね。確か、その惑星は何光年先にあるとかなんとか……」

光年は天文学で用いられる距離の単位で、１光年とは光が1年間に進む距離、正確には、９４６０７３０４７２５８０５８０ｍ、約９・５兆㎞である。年というが、時間を表す単位ではなく、距離を表す単位である。

彼らが飲み会で話す話題は宇宙のことばかりであるが、幸司にとっては、初めて知ることばかりで新鮮であった。

ただ、太陽系惑星だけでなく宇宙にある無数の惑星に対して、地球からの距離や到達時間までも彼らは簡単に計算できることには驚いた。そして逆に、彼らも幸司が話す脳についてかなり興味があるようだった。

天婦羅を食べながら、その飲み会では聞けなかった脳と宇宙について疑問に思うことを清に質問した。

「いつも不思議に思うんですが、脳実質自体は頭蓋骨に囲まれているため外へ出ることはできないんです。ただ、その脳実質から発生する思考や考えは自由に外へ出て広がります。また、その思考は別の人間の脳の中にも入り込み、影響を与え、そこから発生する思考が、また次々と無限に広がっていきます」

清は、いきなりの医学的な話に戸惑ったが、自分も同じような疑問を持っていた。

「宇宙は、実は目に見えない暗黒エネルギーという物質によって構成されている空間なんだ」

暗黒エネルギーという聞きなれない言葉だったので、幸司は確かめた。

「大気圏外へ出ると宇宙には何もないように思いますけどね。ただ真っ暗な真空の空間に無数の惑星が浮かんでいるだけのように見えますけど」

「いや、何もないように見えるけど、実は、宇宙は、反発する真空のエネルギーの塊なんだよ。それを、暗黒エネルギーといって、その反発力で宇宙は膨張し続けているんだ。そのため惑星が発する光も無限に広がり続けるんだよ」

若い研究者たちは、1光年とは光が1年間に進む距離ではあると言っていたけれど、光が無限に広がれば、それは距離ではなく永遠の時間になるのではないか。

幸司はそう思った。

そして、宇宙から光が広がり続けるように、それに近いものが確かに脳の中にもあるように思うと清は言った。

「そうなんです。僕もそこが知りたいんです」

幸司は、日常の外来でさまざまな患者を診察する。

患者は「自分は病気である」と思い受診しているわけだが、本当に、その患者が話すことが病的で、診察している自分が正常なのかと思う時がある。

そして、自分なりに得た結論に近いものが宇宙にあると思い、その疑問を解消するために義父の学会に参加したわけである。

幸司は続ける。

「脳神経細胞であるニューロンは、シグナル伝達部位であるシナプスと複雑に接合し、新たな無数のニューロンに到達します。つまり、ニューロンで生まれた思考はシナプスを通って広がっていきます。だから、脳実質全体が宇宙とすれば、ニューロンは惑星であり、シナプスはそこから発する光であると思うんです」

医学的な事はよくわからないが、言おうとしている事は清にも理解できる。

「惑星から発する光が無限に広がるように、ニューロンから発生する思考も無限に広がっていく。何か宇宙と似ている気がするんです」と言う幸司の言葉に清は驚いた。

実は清も以前から同じような疑問を持っていたのである。

いつも真っ暗な宇宙を見ているとそれが脳に近いものに見えてくる。

そして、浮かぶように緩やかに公転している無数の惑星が発する光が、宇宙が発する考えのように見え、何かを伝えようとしているのだろうかと思う時がある。

そして、自分なりの結論を幸司に語った。

「確かに脳と宇宙は似ている。銀河系に無数にある惑星は、恒星である太陽の光を受け、色や明るさなどそれぞれに輝きかたが違うんだ。また、星が発する光だけでなく、他にも宇宙誕生直後の肉眼ではわからない光が宇宙には満ち溢れている。でも、天体を観測しているといつも思うけど、光の輝きかたに良いも悪いもないと思うよ。光が無数にあるように、思考も同じでいろんな考え方があるし、どれが正常で病的かは最終的には結論なんてないんじゃないかな」

幸司は少し気が楽になった。同じ医者同士で話していても結論など出ないが、別の観点からの考え方を聞くと新鮮であり納得する。

「またすぐに難しい話になる。もう今日は宇宙の話はやめてね」といつものように真理子に怒られた二人は苦笑いをしながら天婦羅を食べ始めた。

酔いも手伝って箸が進む。

遅くなったからと清が呼んでくれたタクシーに乗り、ウインドーを下げ、見送る二人に、「ご馳走様でした。おやすみなさい」と言って別れた。

車中、幸司は先ほどの義父の言葉を思い出している。

脳と宇宙は相似しており、光がさまざまな輝きを持つように思考も個性に帰するのであるという事。

しかし、恒星である太陽が放つ光が惑星に反射し、あたかもその惑星が放つように見える光は一体どこまで行くのだろうか？

そして、惑星が放つ光が無限に広がるように、私達から発する思想は一体どこまで広がるのだろうか？

ほろ酔い気分の火照った左頬を冷やすために窓ガラスにつけ、星空を見上げながら幸司は思った。

月に数回のデートを重ね、一年後には結婚の約束を交わし、新婚旅行をかねて久米島へ行った。

久米島は、沖縄諸島で最も西に位置し、琉球王朝時代から別名「球美の島」と呼ばれるほど、自然豊かな美しい島である。

沖縄から飛行機に乗り約30分で空港に到着した。

イーフビーチに立つリゾートホテルでチェックインを済ませ、初日は、フロントで勧められた、碧き秘境といわれる「はての浜」へ行った。

細長い白い砂浜だけの無人島で、小さなグラスボートを使わないと行けない。船底にはめ込まれたガラス越しに、色鮮やかなサンゴが見え小さな海水魚がたまに通り過ぎる。

真理子は海水魚が大好きなようで、食い入るように海底を眺め、魚を見つけると子供のようにはしゃぐ。幸司にとっては意外な一面であった。

そのグラスボートでも浜の近くまでしか行けず、そこからは膝から下を海の中に濡らして渡る。

その島はエメラルドグリーンの海に囲まれ、多種多彩な魚の群れがゴーグルをつけなくても見える。

それほど多くはないが、島にいるほとんどがカップルであり、夏場であれば、シュノーケリングや素潜りで楽しめたはずである。真冬のため、幸司自身もせっかくの真理子の水着姿を拝むことはできなかった。

翌日、日中は砂浜で本を読んだり、海辺を散策したり、夜は、キャンプファイヤーのような焚き火を見ながら、外でＢＢＱを楽しんだ。

何をするわけでもないが贅沢な時間を過ごし、数日ゆっくり英気を養った後、帰路に就いたが、あいにく季節外れの台風並みの風のため、那覇行きの飛行機は欠航で、港近くの民宿で一泊した。

翌日も飛行機が飛ばず、那覇行きのフェリーに乗った。

空は晴れ上がっているが昨日の気象の影響が残り、風も強く波も高い。

小さなフェリーはすごく揺れ、幸司は嘔吐しそうであった。

実は、大学生時代、幸司はヨット部である。しかし、もともと船には弱く、そんな幸司を尻目に、真理子は全く船酔いもせず、お昼時だからうどんを食べたいと言って食堂へ行った。

甲板を歩いていく後ろ姿を見ながら、こんな状況でよくうどんが食べられるなと感心する。見た目は華奢だが、本当に芯が強い。

しばらくして、小走りで戻ってきた真理子が、

「すごい人がいたわ。みんな気分悪そうにしているのに、パンを食べながら本を読んでる女性がいたの」と何か嬉しそうに言うが、聞いているだけで吐きそうになる。

真理子もすごいが、こんなに揺れている船の中で読書ができる人がいるとは幸司には考えられないことだった。

しかし、そんなことより、ともかく早くこの船が那覇港に着いて欲しい。

やがて、港に着き、伝い歩きのようにして桟橋を渡り、陸に上がるがまだ揺れているようで、真理子に抱えられるようにして歩く。

いつも思うが、結局、最後はいつも女性の方が強いのではないだろうか。

5 事故

新居を構え二人の生活が始まった。

朝、目覚めると、キッチンではいつも真理子が朝食を作ってくれている。

「おはよう」と真理子が振り向く。

結婚したのだから当たり前の光景ではあるが、朝起きると真理子がいるということが少し不思議な感じがする。しかし、幸司にとっては新鮮で、何にも代えがたい幸せな気分になる一瞬でもある。

母を早くに失い、そのあとはずっと義父の面倒を見てきた真理子は料理もとても上手である。

テーブルには、幸司が好きな少し焦げ目のあるバタートーストにベーコンエッグとサラダが用意されている。

そして、昨日洗濯しておいた衣類をベランダに干している真理子の後ろ姿を見ながらトーストをかじる。

新聞を読みながらゆっくり食事をするので、いつの間にか時間が経ち、いつも出かける直前は急に慌ただしくなる。

玄関で携帯電話、鍵、財布を忘れていないか確認し、真理子の「いってらっしゃい。気をつけてね」と言ういつも決まったフレーズで気持ちよく送り出される。

仕事中も家に帰る時間が待ち遠しいため、診察をしながらそんな浮ついた気分にやや罪悪感を感じるときがあるが、新婚生活というのは皆こんなもんだろう、と不謹慎な自分に言い訳をし納得させる。

そして、この幸せが永遠に続くよう願うばかりであった。

幸司の家から南へ40分ほどの所に、メンバーで所属しているゴルフ場がある。休診の日はほとんどラウンドしている。

小高い山の上にある広大な敷地は緑の芝生で覆われ、クラブハウスのレストランから眺めているだけでも爽快である。

この日は絶好のゴルフ日和で、いつもは9時前後のスタートが多いが、混んでいるため11時前スタートの枠しか予約できず、9時半過ぎに家を出発した。

車のカップホルダーに置いてあるいつもの無糖のコーヒーを時折飲みながら、真理子が用意してくれたサンドイッチを食べる。

ラジオのＦＭからは真理子が好きなドラマの主題歌が流れてくる。

ヘビーローテーションのようにかかるため最近は口ずさめるほどになっている。

そのゴルフ場までの途中には、今は桜木の緑道となっているが、４月初旬にはソメイヨシノが咲き美しい桜並木になる。やがて葉桜になり、全ての花が散って少し寂しくなる頃、次はその道の両側に白と赤色の躑躅が競うように咲き、またその後は、ゴルフ場へ登っていく山の途中に自生している紫陽花がひっそりと咲く。

桜の次は必ず躑躅が咲き、そして紫陽花が咲く。

それ以外にも、季節で咲く花々は決まっている。

春はチューリップ、夏は向日葵、秋はコスモス、冬はシクラメンなど、花々は何故同じ時にそこに咲くのだろう。

季節の花々は咲く時を忘れず、咲く時季はいつも同じだ。

咲く順番を間違えず、早めることも遅れることもなく、咲くべき時を知っている。

この順番は、はるか昔からプログラミングされているのだろうか。幸司はいつも不思議に思う。

その鮮やかな色や芳しい匂いで呼び集めた蝶や蜂に、自らの生存のために受粉を手伝わせ、その代償に甘い蜜を与える。果たして、花の役割はそれだけなのだろうか。

今は機械式時計により簡単に時間を知ることができるが、昔、人類は太陽の位置による日時計や水・砂時計などで時間を知った。

しかし、それよりももっと古く原始の時代は何で時を知ろうとしたのだろう。

時を知る術を持っていなかった人類だけでなく、生きとし生ける動物全てに、花々はその色や匂いで時を知らせようとしていたのではないだろうか。

目立つ花々だけでなく、路傍に咲く気がつかないような無数の花々が、長針や分針そして秒針の役目をするように次々と咲いていく。

それにより、動物など全てのものが次の季節に備えて用意をする。

厳しい冬や酷暑の夏への準備を怠ってはいけないことを知らせるために、わざと注意を引くようにあんなに色とりどりに鮮やかに咲くのだろう。

そのため、春や秋に品種が多く、リレーをしながら刻々と時間を知らせてくれるのかもしれない。

そんなことを想像しながらアクセルを踏み込んで山を登っていき、紫陽花が咲いている場所を過ぎるとすぐにゴルフ場に到着する。

正面玄関で停車し、車内からトランクを自動で開けると係りの人がキャディバッグを降ろしてくれる。

フロントでロッカーキーを受け取りゴルフウエアに着替える。

マスター室前にあるカートの後ろでは、今日一緒にラウンドしてくれるキャディが、ウッドとアイアンの数をチェックしている。

みんなに挨拶をし、打順を決める。幸司は最後の4番だった。

アマチュアゴルファー全てが少し緊張する朝一のティーショットを打ち、今日のゴルフが始まった。

ラウンドしながら時折吹き抜ける心地よい風に吹かれながらのゴルフも好きだが、カートに乗っている時やセカンドボールの場所までの間、気の置けないメンバーとしゃべるのが好きである。

ハーフを終えるがスコアはいつもより悪い。不思議なもので、小雨や風が強い時の方がスコアは良かったりする。

後半はＩＮスタートで、最初の10番ロングホールはパーで幸先が良かったが、そのあとの11番ホールはティーショットを右に曲げてしまった。

念のため打った暫定球はフェアウェイど真ん中で距離も出ていたので、先に1球目のボールを捜しに行った。

OBゾーンの斜面草むらの中に入っていくと、近くにいたキャディが、

「ありました。OBですね」と言ってボールを拾ってくれた。

ボールはOB杭を結んだラインよりやや外にあり、ぎりぎりではあるがアウトである。キャディから手渡されたボールを後ろポケットに入れ、さっき打った暫定球の場所まで走って行く。

2打目はナイスショットであったが結局ダブルボギーだった。

ゴルフというのは技術や経験に裏打ちされるところが多いが、運不運が大きく左右するスポーツでもある。

先ほどのフェアウェイど真ん中の暫定球が一打目であればと思う時がよくある。そんなことを思いながら次のティーグラウンドへ歩いていると、後ろからキャディが、

「ズボンの裾にひっつき虫が付いていますよ」と言って何個か取ってくれた。

さっき、ボールを捜しに行った時に草むらで付いたものだ。

この植物類は、トゲに覆われた果実がなり、動物の体などに張り付いて分布域を広める。

そのため俗にひっつき虫と呼ばれる。

一般には日本山中に自生する一年草であるオナモミという植物が多く、特に秋につける果実がヒトの衣類などに付くことが多いため、幸司のズボンに付いた種子は時季的に違う植物かもしれない。

このあとも後半は調子がよく、とても楽しい一日だった。

まさか、このあと、悔やんでも悔やみきれないあの事故が起こるとは、このときの幸司の頭には微塵もない。

ゴルフを終えてあまり汗もかかなかったため風呂には入らずに着替えた。

フロントにロッカーキーを返し、車のトランクにキャディバッグを載せ、途中に咲く紫陽花を見ながら山を下りていく。低気圧が近づいており夕方からは少し雨が降るらしい。久々の雨でこの紫陽花も喜ぶだろう。

同じ道を帰りながら、赤信号で停車時にハンズフリーで真理子に電話をかけた。

「もう終わったの？」と少し驚いたようだ。

「6時前には家に着くかな」

「じゃ、まだ、晩御飯の買い物に行っていないから乗せて行ってくれる？」

「ＯＫ」

そう言ってハンドルに付いているスイッチで電話を切った。

泉北一号線を走り、泉北ニュータウンを抜けていく。

比較的道が空いている「ときはま線」に入り、中央環状線に出ると前方に仁徳天皇陵が見えてきた。信号を右に曲がり緑のアーチを形成するけやき並木通りに入る。

家に近づくとすでに門の前に真理子が立っており、門扉の下には、真理子が飾っているペチュニアに彩られた植木鉢が見える。停車しドアロックを外した。

「お待たせ」

「ごめんね。付き合わせて」と申し訳なさそうに真理子が助手席に乗り、いつものスーパーへ車を走らせた。

店内はかなり広く夏でも肌寒いくらい冷えており、いつも右の野菜コーナーから買い物かごを載せたカートを押しながら反時計回りに回っていく。

真理子は質素であまり高価な服や装飾品は買わないが、スーパーでは毎回かご一杯に食料品を購入する。野菜のあとは、牛肉や鶏肉、そして卵へとつづく。幸司も一緒に並んでついていくが、たまに興味のあるコーナーへ外れ、真理子を見失う時がある。

今日のメニューはカレーのようだ。

「ねえ、いつものルーでいい？」と聞く真理子に、いいよ、と答える。

必要な食材をかごに入れていくが、牛肉だけは幸司が勝手に決めて少し高価な霜降りの肉をかごに放り込む。

「またあ」と言って牛肉コーナーではちょっと喧嘩になる。

真理子は赤身の牛肉が好きで、一人でスーパーに来た時は体に良くないと言って脂っこい牛肉は買わないが、幸司が一緒に来た時に作るカレーはやや高級な牛肉のおかげでいつもより美味しくなる、と真理子自身もわかっており、実は内心、今日のカレーを楽しみにしているようだ。

かなり時間をかけてゆっくりと品物を見定め、かごに入れていく。

一緒に歩きながらいつも幸司は思うのだが、何故かレジ前まで来ると真理子は急に早足になる。

普段から行動は比較的ゆっくりだが、レジまで来ると、どのレジが空いているかを見極める速さがあり、行列の長さよりも前に並ぶ人々のかごに入っている量で並ぶ場所を決める。

選んだレジが隣よりスムーズに進んで行くととても嬉しそうである。

支払いを済ませレジ袋に購入したものを詰めるときもテキパキして幸司よりも速い。

このときだけは人が変わったようになるが、店から出るとまた急におっとりした感じに戻る。

レジ袋を膝に載せた真理子がシートベルトを締めたので、車のエンジンをかけた。

「あっ。牛乳を買い忘れたわ。どうしよう」と言う真理子に幸司が答えた。

「牛乳だけなら、帰りのコンビニで買った方が早いんじゃない？」

この一言が二人の全てを変えることになる。

幸司は今でも後悔する。何故そのままスーパーに戻って買い直さなかったのか。

人生には、あの時こうすればよかったと悔やむ時が幾度となくある。

人間万事塞翁が馬の故事にあるように、何が禍福に転じるかは予期し得ない。

重要な事は、禍から福への転化の思索であろう。


車は、スーパーを出て左へ曲がりそのまま直進し、途中にあるコンビニへ寄った。

最近は、コンビニで買ったものを駐車場に止めたまま車中で食べたり、休憩している客が多く、コンビニの駐車場はいっぱいのときが多い。今もまた車を止めるスペースがなく側道に停車させた。

そのまま向こう側のコンビニへ道を渡る方が早いが、交通量も多く、それにこの付近の道路はコンビニの前で大きくカーブするため、運転者側からは前方が視界不良になり、また歩行者側からも見通しが悪く、後方から来る車が直前まで見えないときがある。いきなり目の前に車が現れ驚くときがたびたびある。

車から降りた幸司はすぐに歩道へ上がり、真理子は幸司の左腕に右手を絡め腕を組んで歩く。

そして、真理子は昨日テレビで放送していたドラマの事を話し始め、その一場面がすごく面白かったみたいで思い出し笑いをし、その横顔が滑稽で幸司も引き込まれるように笑った。

突然、キイーという物凄いブレーキ音が二人の後ろで鳴り、その直後、後方から黒色のワンボックスカーがかなりのスピードで歩道に乗り上げてきた。

そして腕を組んで寄り添って歩いていたにもかかわらず、真理子だけが跳ね飛ばされた。そして、跳ね飛ばされる真理子の組む腕に引っ張られ幸司も左へ飛ばされた。あとで思い出そうとしてもその瞬間の記憶はほとんどない。

事故の直前、真理子が話したことがちょっと可笑しかったので笑った記憶がある。しかし、その話がなんだったのかさえ思い出すことができない。

気がつくと病院のベッドに寝ていた。枕元には医師である友人の雅夫がいる。

「幸司君、大丈夫か？」

何が起こったか状況が把握できない幸司に、

「君は少し頭を打って気を失っていただけなんだよ」

そして、頭部ＣＴを撮ったがどこも異常は認められなかったと言う。

幸司と同じ脳神経外科医である雅夫が勤務している病院へ運ばれたらしい。

すぐに、自分の横には真理子がいないことに気がついた。

「幸司君、落ち着いて聞いてくれ」

嫌な予感がした。

「真理子さんは今ＩＣＵ（集中治療室）に運ばれている。人工呼吸器を装着しているんだ」

現在容体は安定しているがＣＴ画像では右後部の頭蓋骨の骨折があり、脳損傷の程度がひどいと言う。重体であり危険な状態であるとも聞かされた。

そのあと、病院に来た警官から事故の状況や現場検証、事故後の二人がどのように運ばれたかなどを聞いた。

警官の話によると、加害者はスマホの画面を見ながら運転していたらしい。

そして、前を見ると左にカーブしていることに気づきブレーキを踏みハンドルを切ったが、スピードがでていたためスピンして歩道に乗り上げたと言う。

現在、最寄りの警察署で、押収したドライブレコーダーのmicroSDカードに記録された映像を解析しているらしい。

また、後日現場検証を依頼されたが、今はそんな気持ちにはなれなかった。

罪を犯した人間は償わなければならないが、それで元に戻れるわけでもない。

それよりも一刻も早く真理子に会いたい。

どんな状態かを想像すると、かなりの怖さがあるが会わなければならない。

雅夫に伴われてＩＣＵへ行き、自動ドアが開くと、一番奥のベッドに挿管されている真理子の横顔が見えた。

一瞬にして容体が悪いと判断できた。

医者でありながらそのベッドまで行くのが怖く、足がすくむ。

雅夫に軽く背中を押されながら、ベッドまで近づくと、頭部に包帯が巻いてあるが、まだ顔のむくみはなくあの美しい真理子のままである。

ただ、眠っているだけのように見える。

しかし、口には人工呼吸器に繋がる気管チューブが固定されている。

全てが破壊されるというのはこういうことなのか、自分の身にもこういうことが起こるのか。

真理子には不釣り合いな気管チューブを挿入されている顔を見ながら、理不尽としかいえないこの状態が許せなかった。

そして雅夫から、脳損傷がひどく、このまま脳浮腫が進行するとやがて脳死状態になると告げられた。

「君の予想はどうなんだ？」と幸司は聞いた。

「何もしなければ恐らく10日前後で脳死判定をすることになると思う」

しばらく二人に沈黙があった後、思い出したように幸司が雅夫に頼んだ。

「孝明君を呼んでくれないか」

雅夫も同じことを考えていたようで、即座に「わかった」と言った。

二人の頭に浮かんだのは、同じ大学の共通の友人である孝明の名前で、現在も大学のラボで脳浮腫に関する研究をしている。

雅夫からの電話で事情を聞いた孝明はよほど心配だったのだろう、すぐに駆けつけてくれた。

真理子の状態を確認し、ＣＴ画像を読影したが、やはり孝明も同じ意見だった。

孝明は、幸司や雅夫と違って長らく臨床を離れているが、脳浮腫については二人より専門性を有する医師である。

「雅夫君が言うように、非常に危険な状態だと思う。恐らく一週間以内に脳ヘルニアを起こすんじゃないか」

脳ヘルニアは、脳浮腫や血腫により頭蓋内圧が異常亢進した場合に、脳組織が一定の境界を越えて隣接腔へ嵌入した状態のことである。つまり脳実質が押されて外部へ飛び出すことであり、突出する場所によりそれぞれ名前が付いている。

その中でも重篤に陥りやすいテント切痕ヘルニアを起こすであろうと孝明は言った。

脳ヘルニアにより飛び出した脳実質が、呼吸などの生命維持を司る脳幹を圧迫障害し、脳幹機能が麻痺すると自発呼吸は消失する。

「じゃあ、やはり、君も10日前後に脳死判定をすることになると思うのかい？」

その質問に孝明は何も答えずただ頷いただけであった。

そばで聞いていた雅夫が幸司の代わりに口を開いた。

「孝明君、君を呼んだのは、今君が研究している薬のことなんだ」

幸司も懇願するような目で、じっと孝明を見つめている。

「わかっている。そのつもりで来たんだ」

孝明の話では、かなり研究は進んでおり、現在第2相の治験の段階だと教えてくれた。

意外と進んでいることに驚き、もしかして助かるかもしれないと思った。

第2相ということは、少人数ではあるが、ある程度の効果は認められているということだ。

だが、孝明は次のように言った。

「確かに効果が認められる患者もいる。しかし、まだ、症例を限定してデータを取っている段階なんだ」

幸司が聞きにくそうにしているのを見て、雅夫が質問してくれた。

「真理子さんの場合はどうなんだ？」

「さっきの画像を見た限り、浮腫が広範囲に及んでいるため今の治験薬ではまず無理だと思う」

そして、今投与している症例はもっと局在した浮腫に対してであり、あれほどの広範囲の浮腫を治すにはまだ数年先になると思うと言った。

──数年先か──

「もっと早くならないだろうか？」と心の底を窺《うかが》うように、そして少し苛立ったように聞いた。

「何とも言えない」という期待した返答ではなかったが、ただ、その言葉には力が込められており、数年先であれば自信があるような印象を受けた。

死の宣告にも近い状況を聞かされ、頭の中は真っ白で何も浮かばない。

二人もどう対処していいかわからず困っているようだ。

申し訳なくなり、二人に礼を言い、しばらく真理子に付き添う。

ベッドの左側に椅子を置き、静かに眠っている横顔を眺めていると、少し落ち着きを取り戻してきた。

水色の検査衣に着替えさせられた真理子の体には気管チューブ以外にもいろいろな管や配線が繋がっている。

点滴ルートは右頸部に固定されており、その先端は右内頸静脈から上大静脈へ留置され、水分と栄養補給を行っている。

体に上掛けされている薄いタオルケットの上部から出るケーブルはベッドサイドモニターに接続され、心肺機能をチェックしている。

またベッドの中央付近から出ているチューブは蓄尿のためのハルンバッグに繋がる。

やや冷静になった幸司は、血圧や脈拍をチェックしたり、サチュレーションモニターで酸素飽和度を調べたりするが、心臓はリズミカルに拍動し、酸素も十分足りている。どこも悪くない。全ての身体機能は正常である。

愛する妻が10日後には脳死判定されるかもしれない状態であり、絶望で泣き叫びたいばかりの心境だが、その反面、頭のどこかに医者として冷静な自分がいる。

客観的に真理子を診ている自分がいる。

どんな時でも医者は俯瞰《ふかん》的かつ冷静でなければならないと考えているが、今ほど、この職業についている自分を恨めしく思ったことはない。

身体中に繋がれている管やチューブがなければ、美しい顔をしたまま、ただ眠っているようだ。

「真理子、起きろよ。さあ、家へ帰るぞ」と言えば、目を覚ましそうである。

しかし、しばらくするとまた現実に引き戻され絶望の淵に堕とされる。

面会時間も過ぎ、呆然としている幸司は、雅夫と孝明に、疲れているから帰宅するよう促された。

確かに明日もクリニックの診療があるし、予約患者も入っている。医者としての責任もあり、急には休むことができない。

頑張れよ、と心の中で真理子に声をかけ、病院をあとにした。

自宅まではタクシーに乗ったが車中の記憶はほとんど無い。

悪夢のような出来事だが、玄関扉を開け誰もいない真っ暗な家に入り、実感した。現実を受け入れることができないまま部屋のスイッチをつけ、気がつくと右手には実況見分調書に目を通した時に警察官から手渡されたゴルフバッグを持っている。路上駐車した幸司の車内後部座席にあったものだ。

中には、ラウンド中に汗をかいたゴルフウエアしか入っていないが、とりあえず洗濯機にだけは放り込んでおこうと思った。

ポロシャツ、靴下を投げ入れ、スラックスを入れようと思った時、右裾にひっつき虫が一つ残っている。11番ホールのOBボールを取りに茂みに入っていった時に付いたものだ。あの時、11番ホールの一打目が、暫定球のようにフェアーウエイど真ん中であったら、この事故は起こらなかったのだろうか。自分が悪いのであろうかと責める。

運不運は、些細な事であれば努力によって変える事もできるし、逆にポジティブ思考で前向きに捉えればよい。

しかし、世の中には人間の力ではどうすることもできないことがある。

その不可抗力な事はなにが決めるのであろうか。防ぐことはできないのであろうか。

そして、起こってしまった以上、どうすればよいのか。元に戻すことはできないのであろうか。

幸司は、この現状を受け入れることができず、呆然としたまま、薄明かりの洗面所に座り、ズボンを持ったまま動くことができない。

ようやく立ち上がり、リビングのソファに腰を掛けると、テーブルの上には真理子が習っている英会話の教材が開かれたまま置いてある。

おそらくスーパーへ行くために夫の車を待つ間、勉強していたのだろう。

そんなことを想像しながら教材を見ていると涙が溢れそうになる。

涙がこぼれぬようソファに横になり、じっと天井を見る。

ただ後悔や悔いだけがいつまでもずっと頭の中を駆け巡っている。

6　金星内合

一昨日の朝、玄関で500円硬貨を落としたために、偶然や必然とは何かについて考え、またクリニックでドッペルゲンガー様の患者を診察したことをきっかけに、過去の同様の症状を持つ患者のデータを調べ直した。

そして、その患者たちの言葉から、時空を飛び超える発想にまでたどり着いた幸司は、昨日、図書館で相対性理論についての専門書を数冊読んだ。

この2日間は自分なりにかなり勉強したつもりである。

しかし、時空を跳躍するという理論についてはある程度理解できたが、具体的にどうすればよいのかわからない。

また実際にそのようなことが可能なのかについて相談するために、朝から、天文学を専門としている義父の清を大学に訪ねた。

駅を降り、住宅街を抜けると緩やかな坂が続き左へカーブすると、如何にも伝統がありそうな古めかしいレンガ造りの正門が目の前に現れる。

正門の奥には車回しの大きなロータリーがあり、それに続くポプラ並木を通り抜けるとすぐに広々とした校庭が開け、その向こうには青空が高く大きく広がっている。

芝生に覆われたキャンパスには、学生たちが座って他愛もないことを喋りながら楽しそうにしており、またその向こうの運動場ではサッカーなどの球技を練習している風景が見え、自由闊達な気風が窺える。

キャンパスの左手に学舎が続き、右手に義父のラボがある研究棟が並ぶ。幸司は第1研究棟2階にある教授室のドアをノックした。

「お義父さん、未来へ行くことはできないのですか？」

扉を開けるなり、単刀直入に聞いた。

突然の質問に清は驚いたようであったが、机に座る清の後ろの窓から朝の光が注ぐため、清の顔はやや陰っていてその表情はよく見えなかった。

清の机の上の写真立ては背面しか見えないが、確か幸司自身も机上に置いている久米島の写真が飾ってあるはずである。

清も、真理子の容体については幸司からすでに電話で聞いている。

「幸司君、突然びっくりするじゃないか」

「真理子を助けるために、僕は未来へ行って新薬を取って帰りたいのです。できる方法はないのでしょうか？」

「幸司君、ちょっと、落ち着いて、そこのソファに座りなさい」

かなり興奮している幸司をとりあえずソファに腰掛けさせた。

幸司は、理論が少し理解できてきているため、余計に焦りのようなものが出てきている。

「お義父さん、昨日図書館へ行っていろいろ調べたんですが、例えば相対性理論のような過去や未来へ行く方法を研究している書物がたくさんありました。でも、難しすぎてよくわからないんです」

幸司は図書館で調べた相対性理論について自分なりに解釈したことを清に話した。

「幸司君、君が調べたように、自分に流れる時間は絶対的なものではなく、他人に流れる時間と相対的なものであるということなんだ。つまり、時間は人によって流れ方が違い、また変えることもできるということだ」

天文学者だから当たり前のことだが、さすがによく理解している、と幸司は感心した。

「だから、特殊相対性理論では、光速で移動した場合の時間の速度は周囲の時間より遅いため、理論上は未来へ行くことができるとされている」

「しかし、これはあくまで未来に向かって前進するだけで過去には行けないんだ」

と清は断言するように言った

「じゃ、少なくとも、未来へタイムリープできるのですね？」

清の説明が難しく幸司は結論を急ぐ。

「でもね、未来へ行くことはできても、その未来から、過去である現在に戻ることができないのだよ。つまり、光速での移動は未来へ行くことしかできないため、そこから君は帰ることができないということになるんだ」

清も、幸司が焦っているのは理解できるがそう短絡的に説明できるものではない。

「それに、今この地球上に光速で移動できる手段はないのだよ。もちろんタイムマシンなどはこの世の中に存在しない」

現代科学を以ってしても、特殊相対性理論による光速で移動する手段は存在しないため、この理論で時空を飛び超えるのは不可能であるということは、幸司もある程度、図書館で結論付けている。

また、タイムマシンなどこの世の中にないのはわかっているが、なにか他に方法はないのだろうか。その方法が難しくてもいい。わずかでも可能性があるならと思う。

「そのほかに方法はないのです？」

「君が言っていたように、相対性理論にはもうひとつ、一般相対性理論がある。これによると、重力とは力のことではなく空間の歪みであるとされている。そして、空間には必ず時間が伴う」

「ある空間があり、そのままの状態であれば何の変化もなく、いかにも時が止まっているように見えるが、実際は当然その空間にも時間は流れているんだ」と清が言った。

幸司も、空間と時間は一塊となっていることについては理解できている。

そして、幸司がある程度心待ちにしていた疑問に近づいている感じがした。

図書館では、なにか可能性がある印象を受けた一般相対性理論である。

そして、念のため幸司は確認した。

「逆に言うと、時間のない空間というのはなにも無いということになりますね」

「そうなんだ。時空と呼ばれるのはそのためなんだよ。

空間の歪みが強ければ、流れる時間は遅くなる。だから、空間を捻じ曲げることができれば、時間も捻じ曲げて遅くすることができるとされている」

すぐには理解しにくかったので、一呼吸置くように幸司は聞き返した。

「時間を捻じ曲げるとは時間の速度を変えるということですか？」

「そうだ。巨大な磁場を使って、空間を捻じ曲げることにより時間の速度を変えて未来へ行くことができる」

「じゃ未来へも過去へも行けるのですね」

「いや、理論上はそうなんだが、別の理由で過去へ行くことはできないね」


難しい問題だから学内のカフェでゆっくり話そうかと言って、清は幸司を連れ出した。

二人は研究室を出て、階段を下り、研究棟の外へ出た。

木立に囲まれた学内にあるカフェの外のテーブルに座り、清はアイスコーヒーを頼んだが、先ほどの理論が難しく、幸司は眠気覚ましのつもりでエスプレッソを注文した。

自分が学生の頃は野暮ったい食堂で定食を食べたものだけど、最近の大学は構内にこんなお洒落なカフェがあるんだなあ、とそんなことを考えていると、ランチには早い時間だが、自分にはない新鮮な知識を吸収するために頭を使ったので少しお腹が空いてきた。

爽やかな初夏の青空が校庭桜木の向こうに広がっている。

こんな日常も現在の積み重ねであり、さっき研究室で話した時空のこともすでに過去のものとなっている。

そして清はアイスコーヒーを一口飲んだ後、ゆっくりと話し始めた。

「先ほど、空間を捻じ曲げることにより時間を捻じ曲げて速度を変え、未来へ行くことができるといったけど、具体的には、３次元である空間は時間と繋がり、時間が４次元として機能している時空連続体を折り曲げることで遠隔の2地点間に近道を作ることができるということなんだ」

ある程度、図書館で予習し自分の中で消化していた核心である。

「お義父さん、つまり、今自分がいる現在という空間を捻じ曲げることができれば、それに伴う時間も捻じ曲がり、短縮された近道のような時間を通って時空を飛び超えることができるということですか？」

「うん。そうだよ。捻じ曲がった空間と時間のトンネルをワームホールといい、2カ所に開口部、すなわち入口と出口があると考えられている」

そして、清は次のようにわかりやすく説明してくれた。

ワームホールという名前は、リンゴの虫喰い穴に由来する。リンゴの表面のある一点から裏側に行くにはリンゴの外周の半分を移動する必要があるが、虫が中を掘り進むと短い距離の移動で済むというものである。

「このワームホールは、宇宙に自然に存在するかもしれないが、最も近いワームホールでも数光年先にある可能性がある。もしそこまでたどり着き、通り抜けることに成功しても、どこに行き着くかの保証はないのだよ」

「現代の科学では無理なんですか？」

清の話は理解しにくいが直感的に不可能だと感じた幸司は絶望的になった。

そして、せめて何か手段はないのだろうかとすがるように聞いた。

「地球上にワームホールはないのです？」

「いわゆるワームホールではないが、強力な磁場により、その場所の空間を十分な強度で捻じ曲げれば、直線状の時間軸も環状に捻じ曲がり、未来だけでなく過去に行くことも可能になる。

そのような磁場を発生する場所が世界各地にあると言われており、日本にもある」

恐らくそんな場所などないと思っていた幸司は、清の、「日本にもある」と言う返答に、そして、それが断言するような力強い言い方であったことに吃驚《びっくり》した。

「それはどこなんですか？」

「それはね、確かではないんだが」と少し言い淀んだ後、

「私たち天文学者の間では有名な場所で愛媛県にある石鎚山の霊蹟『星が森』と言われているんだ」と明言した。

意外と近くにあることに幸司は驚いた。

「その石鎚山には膨大なエネルギーが蓄積しており、ワームホールに利用することは可能かもしれない。しかし、その磁場を利用して時空を移動するには巨大なエネルギーにより

押しつぶされる可能性がある。

さっき、私が、人間は過去へ行くことはできないと言ったのは、時間に逆行して過去へ移動するためには、未来へ行く時よりも、とてつもなく大きい磁場のエネルギーが必要となる。

未来へ行った君はもう一度過去である現在へ戻らなければならない」

そうだろう？

君は未来で薬を取り、もう一度持ち帰ってくるんだろう？　と義父は再確認した。

「そのときの過去へ戻るための膨大なエネルギーによって君は必ず押しつぶされてしまうんだ」

清の「不可能である」という結論を払拭するように、また自分にも言い聞かせるように幸司は強い口調で言った。

「それでも僕は構いません。僕は3年後の未来へ行きたいんです」

友人の研究者が開発している脳浮腫の治験薬は、現状では真理子への適応はないが、数年後、少なくとも3年後であれば完成している可能性が高い事を説明した。

「3年後の未来へ行き、完成した治験薬を持ってまたこの現在へ戻り、真理子を治したいんです」

「ただね、幸司君、これは私にもわからないんだが」

清の論調が変化したため、幸司が希望する結論かもしれないと思い、やや緊張しながら次の言葉を待った。

「未来はまだ現実に存在していないため、無数の漠然とした断層のように重なっていると思う。その確定していない未来は、今ある現在と、無数の回路で緩やかに繋がっているだけなんだ。そのため、現在と一瞬だけ先へずらした未来とワームホールで繋ぎ、そのワームホールを連続させて先へずらしていくことにより、少ないエネルギーでより遠くの希望する未来へと移動することができるかもしれない」

天文学者である義父の理論は難解で理解できない部分も多いが、この理論は幸司にはよくわかった。

つまり、時空の中に存在する未来へ行くために、今いる現在から、波紋のようにワームホールを徐々に広げていき、そしてより遠くへ到達させるということであろう。

そして清は、君がいう3年後に正確に行けるかどうかわからないが、と言って次のように続けた。

「ただ、未来へ行けるほどの磁場を捻るためには巨大なエネルギーが必要となる。それほどのエネルギーを得るには惑星の力を借りるしかないと思う」

難しい説明が続くが、幸司は一言も聞き逃さないように真剣に耳を傾けた。

「北極側から見た場合、地球は反時計回りに自転しながら、太陽を中心に反時計回りに公転している。

だから、北半球に存在する人間は、反時計回りに捻れるワームホールを通過すれば未来へ行くことができ、反対にこのワームホールの捻れを時計回りにすれば、過去へ行くことができるかもしれない」

「地球の自転より、先に前へ進めば未来へ、後ろへ戻れば過去へ行けるという事ですか？」

「そうだ。その通りだよ」

そして、清はこの捩れのスイッチを何に求めるかについて次のように話したがすでに答えは持っているようだった。

「幸司君も学生時代に、太陽系惑星の並ぶ順番を習っただろう？」

「確か、太陽から近い順に、水星・金星・地球・火星・木星・土星・天王星・海王星でしたよね」

「そうだ。そして、太陽系惑星は、地球をはじめ、ほとんどの惑星が反時計回りに自転・公転を繰り返している。ただ唯一、金星だけは時計回りの自転・公転を繰り返しているんだ」

地球とは反対の自転のため、金星では太陽が西から昇るということは幸司も知っている。捩れのスイッチを金星に求める理由を、清は次のように説明した。

北半球に存在する人間が未来へ行く場合、時計方向に自転する金星の力を利用すれば、北極側であるN極の磁極を左回転させて磁場の向きも左回転すなわち反時計方向へ捻ることができるかもしれない。

金星の公転軌道は、太陽と地球の間を通り、太陽・金星・地球という順番で一直線に並ぶ時がある。それにより発生した膨大な磁場に、金星の時計方向に自転する力によって捻れが生じワームホールに近い現象が発生する可能性がある。

その会合周期は1・6年に一度起こるため、次に太陽・金星・地球が並ぶのは、明後日の2020年6月6日である。

そして、その直線は石鎚山付近を貫く。

最後に、

「石鎚山に溜まっている磁場エネルギーと金星の自転速度を計算すると、ワームホールの出口は恐らく数年先くらいになると思う」と断言した。

幸司は驚いた。

ここ数日、清も時空を飛び超えることを考えていたのだ。

それも、時空を跳躍するための方法や計算式をこれほど詳細に調べていたとは。

幸司は感謝すると同時にとても頼もしく感じた。

「数年先の未来なら小さなエネルギーで可能かもしれない。また、過去へは戻れないと言ったけど、その未来から未だ確定していない現在へ戻るにはそれほどのエネルギーは必要ないかもしれないし、できるかもしれない。

君の言う、現在瀕死の状態にある真理子を助けるためにワームホールで未来へ行き、薬を持ってワームホールで現在に戻ってくる。

過去は既に決定しているが、現在は一瞬と一瞬の積み重なりであるため、まだ決定しておらず、薬を持って、ワームホールで戻った瞬間にそこからの歴史が決定していくため、その薬で真理子を助けることができるかもしれない」

そして、最後に少し笑みを浮かべてこう言った。

「もしかすると君の言っていることは当たっているかもしれないよ」

帰り道、難しすぎて完全には理解できないまま、幸司は思った。

既に決定している過去へ行くことはできなくても、まだ決定していない現在以降、すなわち未来へ行くことは可能ではないだろうか。

つまり、未来から持ち帰った新薬は突然現れたものであり、直前の過去には存在しないという矛盾が成立するが、活字に残る歴史に影響を与えなければ、記録されなかった人々の記憶の歴史を変えることは許されるかもしれない。

例えば、不治の病が好転し治癒する場合などは、歴史の闇の中で誰かによって密かに未来から現在に特効薬が持ち込まれ、誰に知られることなく薬の投与が行われ、そして死の淵から生還する。

それがいわゆる奇跡と呼ばれるものではないだろうか。

そして、その薬は現在という歴史の中に埋没し、また再び未来の中に現れてくるのである。

7 石鎚山

できるだけ早く行動を起こしたい幸司は、清と伊丹空港で待ち合わせ、飛行機で松山空港に到着した。

今日は遅いため明朝早く出発することにし、空港近くのビジネスホテルで一泊する。

ホテルのロビーで、幸司は清から、未来へ行くために必要な計算結果を聞いた。

まず、石鎚山がもつ磁場エネルギー量。

それをより高めるための太陽と地球に金星が内合する時刻。

そして、そのエネルギーを捻じ曲げる金星の自転速度。

清は、昨夜一晩中かけて、この三つの詳細な計算をしたらしい。

それによると、数学者であり天文学者でもあるガウスが考案した球関数を用いて、石鎚山の磁気分布を磁場モデルである数式で計算したとのこと。

この計算は専門外でかなり苦労したらしい。しかし、計算上、思った以上に磁場エネルギーの蓄積があるということだ。

次に、太陽と地球の間に金星が内合し直線上に並ぶ時刻は午前11時55分である。

この計算は天文学者である清にとっては簡単であったらしい。

最後の金星の自転速度についても難しくなかったようだ。

その結果、やはり2年半から3年後の未来へワームホールの出口が繋がっていると予想される。

ただ、広大な石鎚山付近で、直線を貫く場所をピンポイントで特定するのは難しく、また、金星の自転速度がやや遅い事がやや不安であると言った。

まだ明け切らぬ早朝、昨日から借りていたレンタカーで、石鎚山横峰寺を目指した。


石鎚山は四国山地西部の一翼を担い、愛媛県から高知県に跨る標高1982mの山で、西日本最高峰である。

古くから山岳信仰の山とされ、日本七霊山のひとつでもある。

西暦815年に弘法大師空海が開創した四国霊場は高野山より古い歴史を持ち、四国霊場第60番札所として横峰寺がある。

縁起によると、白雉2年、役行者が石鎚山の『星が森』で修行をしていると山頂付近に蔵王権現が現れ、その姿を石楠花の木に彫り小堂に安置したのが創建とされている。

延暦年間には石仙仙人が桓武天皇の脳病平癒を成就し、また大同年間には弘法大師が厄除けと開運祈願の星供養の修法をしたときにも蔵王権現が現れたため霊場としたとされる。

横峰寺の境内には、蔵王権現を彫ったとされる石楠花が本堂から大師堂にかけて山際一面に植えられており、今が盛りと鮮やかな薄紅色の花が咲いている。

自宅の庭にたくさんの花々を育てている真理子と一緒であれば、さぞかし喜んだであろうと残念に思いながら、『星が森』まで行くことにした。

横峰寺境内から奥の院の『星が森』までは古道の保存状態も良く、丁石や地蔵など遍路文化が昔のまま残っている。

途中に小さな墓があり不思議に思っていると、清が、それはお遍路さんが埋葬されている遍路墓だよと説明してくれた。

義父によると、昔は食料や水の確保が難しく、お遍路をするということは死と隣り合わせであったらしい。そのため、死装束である白衣、卒塔婆の代わりとなる金剛杖、棺桶代わりの名前が書かれた菅笠を身にまとって遍路をしており、厳しい環境の中で行き倒れたお遍路が地元の人々によって埋葬されているという。

お遍路のあの独特な姿にはそんな理由があったのかと軽い感動を覚え納得する。

土地勘もなく縁もゆかりもない場所で死ぬことも厭わず、命を懸けてまで願うものとは一体何なのであろうか。

今、お遍路とは違う形で命を懸けようとしている幸司にはすごく興味があった。

愛する真理子を助けるために未来へ行きたいという願望より、もっと叶えたいものとは一体何なのであろうか。

そんなことを考えていると、すぐに目的地の「星が森」に到着した。

石鎚山の西の遥拝所『星が森』には、思っていたより素朴な鳥居があり、そこから望む石鎚山の眺望は素晴らしく、確かに、いかにもなにか不思議なことが起こりそうな雰囲気がある。

日の出の太陽に輝く石鎚山は圧倒的迫力を持って文明を拒絶するような威圧感があり、今からその場所へ足を踏み入れて行くのかと思うと、とても気が重い。

ここからは、清が先導し、後をついて行くだけである。


古くは修行のために走破する修験者、そして現在ではトレイルランのコースとして縦走する競技者の間では、今から目指すこの石鎚山の風穴は有名な場所であり、義父はトレッキングを趣味としている知人から聞いたようだ。

凍結・融解によって岩が割れる現象などにより発生する風穴の大半は、崖錐の崩落や堆積物の隙間からできており、大小さまざまなものがある。その名の通り、気温差や気圧差により風の流れが生じ、夏は涼しく冬は暖かい。

GPSで位置確認しながら目的の風穴を探すが勿論すぐに圏外になる。

原生林のような森を進んでいくが、上っているのか下っているのかもわからない。多種多様な動植物が生息し貴重な生態系が保たれているであろうことは予想できる。それだけに不気味な怖さもあり、たまに奇妙な鳴き声が聞こえ身構えたりする。清に離されないようについていくのが精一杯で、20歳以上も年が離れているとは思えないくらい健脚である。

世界で最も星空が美しいとされるハワイ島マウナケア山頂にある天文台をはじめ、その多くは空気が綺麗な山頂にあることが多く、そのため、清は、天文学者という職業柄いろいろな山を登る。日本は元より南米アンデスなどさまざまな天文台へ行った経歴を持つらしい。

「お義父さん、まだですか?」と言う問いに返事もなく、また振り向くこともなく突き進んでいく。

鬱蒼とした森の中を抜け、ようやく空が見えたと思ったら、今度は険しい崖をよじ登り、そしてまた再び森の中へ入る。

しばらく行くと綺麗なせせらぎがありその水で喉を潤した。

「幸司君、やっぱり、水筒の水よりも美味しいね」と初めて清が喋った。

幸司は疲れて返事もできない。

清の背中から発していた今までの緊張感が消え、何か少し安堵したようで、目的の場所が近いことを窺わせた。

一山は越えたのではないだろうかと思った時、ようやくブナ林の向こうの崖壁に苔むした岩肌が少し露出して見えた。その風穴の右後ろに人一人がやっと入れるほどの隙間がある。

ホッとしたのか、清は小さな風穴の岩肌に腰をおろし、水筒の水を飲んだ。

そして、二人はこれまでに何度となく話し合った、「磁場を捻じ曲げることにより時間も捻じ曲げ、時空を跳躍する方法」について最終確認をした。

北極側から見た場合、地球は反時計回りに自転しながら、太陽を中心に反時計回りに公転している。

だから、北半球に存在する人間は、反時計回りに捻れるワームホールを通過すれば未来へ行くことができるかもしれない。

他の太陽系惑星と違い、金星だけは時計回りの自転・公転を繰り返している。

そして、太陽・金星・地球が一直線上に並ぶ時があり、金星の時計方向へ自転する力により石鎚山が持つ磁場に捻れが生じワームホールに近い現象が発生する可能性がある。

その直線上に位置するのがこの石鎚山であり、時刻は２０２０年6月6日、今日の午前11時55分なのだ。

あと数時間で太陽と地球を結んだ直線上に金星が近づく。

そして、清は祈るように言った。

「幸司君、ここからは君一人でしか行けない。

幸運を祈る」

懐中電灯を持った幸司が、中に入ると、そこには人一人がやっと座れるほどの空間があり、手探りで周囲を探すと、少し先に隙間がある。

背後から、清が大きな石で入口を塞いでいる音が聞こえる。

その隙間に体を少しずつ滑り込ませると、さっきよりはやや大きな空間があり、そこから先は行き止まりになっているようであった。

幸司はこの空間に座り身体を休めた。これほど歩いたのは生まれて初めてである。

気持ちを落ち着かせるためリュックサックからいつものペットボトルの無糖コーヒーを

出し、口を潤した。

そして、一息ついた幸司は暗闇の中で昔のことを思い出した。

子供の頃、夜空を見上げ、この星空は一体どこまで続いているんだろうと誰もが考える。果てしなく続いているんだろうか、それとも行き止まりになっているんだろうか。もし、行き止まりになっているなら、そこはどうなっているんだろう。

そしてその場所へ行って見てみたい。

行くにはどれくらい時間が掛かるんだろう。ほとんどの子供がそう思う。

その疑問を持ち続け、解明するロマンを仕事にしたのが天文学者だろう。

そして常に広大な宇宙のことを考えていると、時空とは何か、時間とは何かに行き当たるのだろう。

――石鎚山が長年にわたって蓄積させた膨大な力である磁場に、地球とは反対方向への金星の自転により捻れを生じさせ、そして時空を飛び超える――

じっとしながらその時を待つ。

静かだ。

何も聞こえないし何も見えない。

どんなことがこの風穴の中で起こるのか、かなりの恐怖がある。

医師である幸司は一分間の自分の脈拍数を知っているため、左腕の橈骨動脈のリズムを測りながら時間を知ろうとしたが、無駄であるし、なにより余計恐さが増してくるために途中で止めた。

疲れた身体を壁に横たわらせていると、風穴のどこか下の方から冷気が流れてくるのを感じる。

まだ、極限に近い状態ではないが、じっとしていると身体が冷えるほどに寒くなり、やがて、暗闇のなかで自分が起きているのか眠っているのかさえもわからなくなってきた。

かなりの時間が経ち、浅い眠りの中にいた幸司は、風穴の上方から突然噴出した冷風に左頬を叩きつけられ目が覚めた。

しばらくは自分が何処にいるのか、何故ここにいるのかわからなかったが、懐中電灯を持ち、湿った暗闇の中を手探りで出口を探しながら、微かな明かりを見つけ、ようやくこの現状を少し理解することができた。

清が塞いだ大きな石は取り除いてくれてあった。

風穴の中から出ると、そこは鬱蒼とした森であったが、先ほどまで暗闇にいた幸司には眩しすぎるほどの光に満ち溢れていた。

現状をはっきりと理解できた幸司は、その結果を、すなわち、自分は未来にいるのか、そしてどれほどの未来にいるのかを早く知りたかった。

ポケットから取り出したスマホの表示時間のみからでは、確たる情報を得ることはできなかったが、さっきまで一緒にいた清がいないため、自分が別の時空間にいることは予想できた。

清と来るときに置いていった目印の白の碁石を探しながら歩いて行く。

最初の碁石を発見したときの感動は、泣き出したいほどの不安を払拭してくれた。そして、このあとの碁石も、雨風などで無くなっていないことを願いながら、もと来た道を戻っていく。特に道に迷いやすい場所にはハンカチを目印として括り付けてきた。

今自分が希望する未来にいて、そして治療薬を手に入れることができたとしても、もう一度、現在である過去へ戻らなければならない。そのために、これらの碁石やハンカチは同じ場所にそのまま置いていく必要がある。

見覚えのある大木を見つけ、そのまま登っていくと、ようやく遥か遠くに『星が森』の鳥居が見えてきた。

最後の力を振り絞りよじ登った頂上にある鳥居の下で振り返り、同じ石鎚山の景色に圧倒されながら感謝の気持ちで一杯になった。

横峰寺境内を通り過ぎ、坂道を下って行くと、やはり、置いてきたレンタカーは清が返却していたためになかった。

風穴の入口を塞いだ大きな石を取り除いて、中に幸司がいないことを確認した清は、帰りのレンタカーを運転しながらさぞかし喜んだであろう。

もし未来に行くことができた場合を想定して、清と一緒に『星が森』へ来る時に、タクシーを呼んでくれる民家を見つけてある。そして、その民家で道を尋ねた時に、奥さんの顔も確認してある。

呼び鈴を鳴らすと、同じ奥さんが出てきた。

その顔の変貌から想像すると、数年は経っているように感じたが確信はなかった。そして一瞬、やや怪訝な顔をしたものの、目の前にいる幸司が清と一緒に、以前訪ねたことは忘れているようである。

やはり数年以上は経過しているのでは？　と思った。

希望が湧いてきた幸司は、呼んでもらったタクシーに乗り、一刻も早く、新聞で自分の予想を確認したかった。

空港に到着し、シャッターが半分まで降りている閉店まぢかの売店へ走る。

慌てて購入し開いた新聞一面の右上の日付を見て、幸司は愕然とした。

２０２０年６月６日。

今日のままだ。

義父とあの風穴へ行った日と同じ日のままである。

タイムリープしていない。泣き叫びたい気持ちを抑え、近くの椅子にへたり込んだ。

やはり、時空を飛び超えることなど不可能なのだ。未来や過去へ行くことなどできないのだ。

そう考えていると携帯電話が鳴った。その画面には義父の清の名前がある。

電話に出た幸司の声を聞いて、清も、幸司と同じく落胆している様子だった。

清の話では、しばらく風穴の外で待った後、石を退け、何度も名前を呼んだが返事がなかったということだ。そのあと、中を確認したが幸司がいないため成功したと思い、帰ったのだと言う。

清は奥にもう一つ空間がある事に気付かなかったのである。

そして、タイムリープが成功したと確信したものの、時間とともに不安になり、繋がらないことを祈りながら電話を掛けたという。

清の話では、太陽と地球の中に金星が内合し直線上に並ぶ正確な場所までは特定できなかったと言って謝った。

義父のせいではない。

天文学者であっても、はるか彼方にある金星の自転速度や軌道を把握し、磁場発生場所をピンポイントで同定し、そして希望する日時の未来へ行くための磁場を捻じ曲げるエネルギー量を計算することなど不可能に近いのである。

それどころか、今までの義父の労力に感謝したい。

義父が今日までどれだけ自分のために頑張ってくれたか。

日本中の磁場の発生場所や惑星の位置、そして、なによりどうすれば時空を飛び超えることができるのかなどを、研究室だけでなく自宅に帰っても夜遅くまで調べてくれていたことを幸司は知っている。

自分のためだけでなく義父のためにも真理子を助けたい。

絶対に諦めない。改めて幸司は必ずやり遂げる決心をした。

飛行機に乗り、ともかく孝明の研究室へ向かった。

夜10時を回っているが、2階の研究室の窓には明かりがついている。昔から真面目な孝明はいつも遅くまで実験をしている。

研究室を訪ねると、クリーンベンチの前で培養実験をしている孝明は、むこうを向いて何かの溶液を攪拌している最中である。

「しばらく」と声をかけると少し吃驚したようだが、攪拌中のためすぐには振り向けない。

手袋を外し、「こんな遅くにどうしたんだ？」と言った途端、憔悴しきった幸司の顔を見て、より一層驚いたようだ。

「幸司君、大丈夫かい？　疲れているんじゃないか？

真理子さんはどんな具合だ？」

この数日、真理子を助けるためだけに必死に動き回っているため実際のところあまり真理子に会っていない。

「うん。あまり状態は良くないんだ。今日来たのは」と言いかけた幸司に、

「わかっている。僕が研究している薬のことだろ」

先日の孝明の話では、現在第2相であり、治験症例は限定しているため真理子のような広範囲の浮腫には使用した経験がなく、効果についてはわからないということだった。

しかし、ある程度の薬効が確認できているのなら、この可能性にかけるしかないと幸司は思う。

そして、そのすがるような思いに孝明は何も言わず、ボトル詰めされた薬剤と投与方法を記載した紙を渡してくれた。

治験参加の面倒くさい手続きは孝明がしてくれるという。

感謝の気持ちを告げ、友達というものは本当にいいものだと少し泣きそうになった。もう夜12時を回っており、今から投与するのは手続き上、病院にも迷惑が掛かるため、明日早く病院へ行き雅夫に頼もうと思った。

早速、研究室を出て、雅夫に事情をメールしたが、すでに先ほど孝明からの電話で状況の説明を受けたと返信があった。

真理子のために、そして自分のためにこれほど友人たちが頑張ってくれている。応援してくれる友人たちの思いをなんとか形にしたい、良い結果に繋げたいと思う。

研究棟を出ると、外は雨だった。

幸司は、1週間分の治験薬を入れた箱を濡らさぬよう上着で覆いながら、真っ暗な大学の正門の前で黄色のハザードランプを点滅させて停車しているタクシーの後部座席に乗り込んだ。

8　地球近傍小惑星

朝早くに病院へ行き、正面玄関ロビー横にあるエレベーターに乗って2階のＩＣＵへ直行した。

インターホンで名前を告げると自動扉が開き、そこには雅夫が立っていた。

早速病状を聞き、昨日夕方撮ったＣＴ画像と念のため撮影したＭＲＩ画像を見せてもらった。

「残念だがこの前よりかなり悪くなっている」と雅夫は申し訳なさそうにつぶやいた。

医療用画像管理システムのＰＡＣＳで映し出されるＣＴ画像での低吸収域は明らかに広がっており、ＭＲＩ画像でもＴ1Ｔ2強調像で一致する。急激に悪化しているのは幸司の目にも明らかであった。

画像上、脳浮腫も広範囲に広がり、このままではまもなく頭蓋内圧亢進症状を起こすだろうと思った。

頭蓋腔は閉鎖腔であるため、脳浮腫による異常な水分貯留は脳組織圧、頭蓋内圧を上昇させ、これが脳血流低下による低酸素状態を引き起こし、さらに脳浮腫を増悪させる悪循環を招く。やがて脳ヘルニアを起こし死の転帰をとる。

そのため、現在、ステロイドとグリセロールを点滴していると雅夫が言った。

「雅夫君、これ」と言って幸司は孝明から預かった治験薬のアンプルを差し出した。

「うん。これに期待するしかない」

そう言って、生理食塩水で溶かした薬剤を別の200ccの点滴ボトルに入れ、今流している点滴の側管に繋いだ。

投与方法については、1時間で血管内に注入するよう孝明から聞いている。

そして、孝明の話では、治療には1日1回で1週間の投薬が必要だが、1回目の投与で劇的な変化がなければ病状の回復は難しいと言う。

雅夫は、「明日朝一番に頭部CTを撮るよ」

そして、「大丈夫だよ」と言って幸司の肩を叩いた。

今の幸司には、気休めのような一言だったが身に沁みる程とても嬉しかった。

あとは待つしかない。

医者になってそれほど長くはないが、全力で患者を救おうとしてもどうしようもないときがある。これほど医学が進歩し、あらゆる分野で最先端医療が行われている現在でも、持てる力を振り絞り、あらゆる治療を施し、これ以上はもう打つ手がないと思ったとき医者は祈りにも近い感情になる。今も、幸司は祈るような気持ちで、一日中真理子のそばを離れず付き添った。

翌日、朝早く、真理子のベッドの横の椅子に座り眠っていた幸司は雅夫に起こされた。腫れぼったい目をこすりながら、顔を上げると雅夫の目もやや充血している。昨晩は泊まり込んでくれたみたいだ。本当に有り難い事だと幸司は思う。

「今から撮影に行くよ」と言いながら、雅夫は幸司の右腕を軽く持ち上げて立ち上がらせた。

看護師数人で真理子が寝ているベッドを移動させ、放射線科まで押していく。

挿管された気管チューブは人工呼吸器から外されているため、移動中は別の医師がアンビューバッグで手押ししながらゆっくりと歩いて行き、その医師とは反対側のベッドのそばを幸司は心配そうに付き添う。

撮影の間、外の待合ロビーで待たされた。

やがて検査室の扉が開き、真理子が寝たままのベッドがまたＩＣＵへ帰って行く。

幸司は結果を聞くために、そのままロビーで椅子に座ったまま待った。撮影画像ができるまでは数分程だが、何時間にも感じられ、その間、悪い結果ばかりを想像する。

放射線科診察室のドアが開き、雅夫に手招きされ部屋に入ると、机の上のモニターには、すでに真理子の頭部画像が映し出されている。

瞬間的に判断できた。

同じだ。治療前と全く変わっていない。

雅夫もどう言ってよいのかわからないのだろう。ただ、無言でモニター画面をスクロールしていく。

そんな雅夫に幸司は申し訳なくなり自分から口を開いた。

「効いてないな」

それ以上はお互い何も話さなかった。

そのあと、雅夫は、まだ6回あるからと慰めてくれたが、今の頭部画像を見て幸司は義父の清を訪ねる事を決心した。

昨晩、真理子に付き添いながら、もし治験薬の効果がなければ、すぐに義父の清に相談し、最後の可能性に賭けてみようと決めていた。

いてもたってもいられないため、病院玄関前に停車しているタクシーに飛び乗った。清の大学までは、高速道路を走れば病院から40分程で着く。

研究室のドアをノックして開けると清は驚いたようだった。

「どうしたんだい？」

治験薬投与の詳細については清には一切話していなかったが、幸司のただならぬ顔を見ておそらくあまり良い話ではないと直感したのであろう。

義父と会うのは石鎚山以来である。

そして、清が座っているソファの前には、見知らぬ人が座っている。

紺のスーツ姿で座っているが、おそらく長身であろう。

いかにも学者といった感じで、清より少し年配のようで頭髪にはかなり白髪が交じっている。

幸司は軽く会釈をし、二人のソファの間に置かれている一人掛けの椅子に座った。

そして、真理子の容体と治療の効果が認められないことなどを説明しようとしたが、幸司が口ごもっていると、清が、

「大丈夫だよ。この人は鈴木先生といって、私の先輩の天文学者だよ。真理子の現状と、そして私たちがしようとしていることを今話していたところだ」と言って紹介した。

それを傍で聞いていた鈴木先生は黙ったままゆっくり頷いた。

その仕草から、幸司のことを本当に心配してくれていることが見て取れた。

二人は、同じ大学の天文学講座の先輩後輩で、学生時代から星の観察のために各地を一緒に旅行しており、現在はある大学の寄附講座の教授であるらしい。

挨拶を交わした感じはすごく落ち着いているが明るそうで、どことなく義父と似ている感じがする。

清が言うように、確かに親身になってくれそうな雰囲気がある。

幸司は、真理子の容体と治療の効果が認められないことなどを説明した。

清は、残念ではあるが予想していたとおりの結果を聞きながら、最悪の結果も想定し、今後の手段については数日ある程度考えていたようで、今日鈴木先生を呼んで相談していたらしい。

「お義父さん、やはり過去へ行くことはできないんでしょうか？」

「この前も言ったように、過去へは行けないんだよ」

「それは何故なんでしょうか？」

やや強い口調に清は少し驚いたようである。

「幸司君、当然のことだが、人間の行動というのは空間における動きのことだよね」

つまり、ある空間に置いてある箱が全く動かない状態でも当然時間は流れている。

空間の中で箱が動けば、それを行動と呼ぶのであり、行動とは、空間における動きのことであると義父は説明した。

「お義父さん、それじゃ、今いる現在という空間を捻じ曲げると同時に時間を捻じ曲げて、過去という空間へ行くことができれば、そこで行われていた行動、すなわち過去の行動を変えることができるんじゃやないでしょうか？」

清は、幸司がこれほどの知識を持ち、そしてかなり核心に近い結論にまでいることに驚いた。

「しかしね、幸司君」

「過去は時空のどこかに存在するが既に決定しており、そこでの行動、すなわち歴史を変えることはできないんだ。現在からワームホールを捻じ曲げて、その出口をある年代の過去へ繋げることができたとしても、その過去はすでに決まっているため、そのワームホールの出口から、ただ流れていく過去の景色を眺めるだけなんだ」

「幸司君、脳神経外科医である君の専門領域だが、ドッペルゲンガーを知っているよね」

幸司は6日前のあの患者のことを思い出した。

この数日かなり調べたので知識はあるつもりだが、予想外の返答に当惑し、念のため聞き直した。

「自分自身の姿を自分で見るというドッペルゲンガーのことですか？」

「そうだ。超常現象や精神疾患の一つとして扱われることが多いが、実は何かのはずみで、過去や未来へ行った人間が自分の姿を見ているのかもしれないと言われているんだ」

「確かにドッペルゲンガーを見た人間は本人と関係のある場所へ出現しますが、周囲の人間と会話ができませんよね」

「そうなんだ。だから、過去へ行くことができたとしても、ただ、既に決定した歴史という流れる景色を眺めているだけなんだよ。変えることはできないんだ」

過去の景色の中を一緒に流れていくだけであると清は確信を持っているようだ。

「でも、たとえそうだったとしても僕はどうしても過去へ行って真理子を助けたいんです。お義父さん、石鎚山の『星が森』以外に強力な磁場の発生する場所はないんでしょうか？」

真理子を助けたいという幸司の熱い思いが清の胸を打ち、実は私もずっと考えていたんだが、と言って次のように話しだした。

「君は事故の直前の過去に行きたいんだろう？　もしかすると、それくらいの過去であれば、小さなエネルギーで可能かもしれないよ」

そう言って、清はこう説明した。

前回とは逆に、時空の中に存在する現在と、一瞬だけ後ろへずらした過去とをワームホールで繋ぎ、波紋のように、そのワームホールを連続させて後ろへずらしていくことにより、より遠くの過去へと移動することができると思う。そして、ワームホールの連続を停止することにより、希望する過去へ行くことが可能となるかもしれない。

「しかし、それでも数日程度の過去へしか行けないと思うんだがね」

そして、過去へ行くための理論について詳しく話し出した。

「北極から見た場合、地軸は反時計回りに回転するため、北半球に存在する人間は、ワームホールの捻れを時計回りにすれば、過去へ行くことができるかもしれない。ただ、時計回りの場合は地軸回転に逆行するため、これを成功させるにはとてつもない膨大なエネルギーが必要なんだ」

「前回とは違い、今回は既に決定している過去へ行こうとしている。そのために、たとえ少し前の過去であっても、強力な磁場に押しつぶされて、今度は間違いなく君は死ぬんだよ。過去へは行けないという理由はそこにあるんだ」

そして、義父が言ったことに、鈴木先生も隣で大きく頷いている。

ある程度、幸司も義父の言うことは理解できる。しかし、それを認めてしまえば、真理子の命を救うことはできない。

「でも、教えて下さい。その場所を」

「確かにね、もう一つ場所があるんだが」

幸司に圧倒され、清の眼差しからは逡巡の色は消え、一呼吸置いて静かに言った。

「それは、小笠原諸島にある無人島だよ。正確には、小笠原諸島のひとつである父島列島にある無人島だ。

小笠原諸島は太平洋プレートがフィリピン海プレートの東縁に沿って沈み込むことによって誕生した海洋性島弧で、現在もマリアナ海溝で太平洋プレートはフィリピン海プレートの下層へ潜り込んでいる。

つまり、太平洋プレートの先端はフィリピン海プレートの下層へ引きずり込まれ、蓄積されたひずみに耐え得ることができなくなると、引きずりこまれた地層は跳ね上がり、巨大な力が発生する」

「引きずり込まれた地層のリバウンドが巨大なエネルギーになるということですか？」と幸司は確認した。

「そうだ。そして、現在、この小笠原諸島付近の海底深地層には巨大なストレスが溜まっており、いつ爆発するかわからない状態なんだ。前回とは比べものにならない程の膨大な磁場が発生し、磁場を時計方向に捻るスイッチさえ入れる事ができれば、過去へ行くことができるかもしれない」

ただ、そのスイッチを何に求めるかという事については私にはわからないと清は言う。

そして、石鎚山での失敗以来、責任を感じ、いろいろ調べたが答えが出ず、太陽系惑星のなかでも特に小惑星を専門としている鈴木先生に相談したらしい。

ずっと二人の会話を黙って聞いていた鈴木先生はおもむろに話し出した。

「幸司君、今度は過去へ行くんだろう？　そのためには、金星とは違い反時計方向への自転の惑星の力が必要となり、火星を含め多くの惑星が存在するが、地球からの距離があまりにも遠すぎるんだ。ただ、地球にかなりの距離で近づき、そして反時計方向への回転を持つ小惑星がある。それは地球近傍小惑星、いわゆるＮＥＡと呼ばれるものなんだ」

そう言って、鈴木先生は次のように説明してくれた。

太陽系惑星は太陽に近い順に、水星・金星・地球・火星・木星・土星・天王星・海王星と並んでいる。火星軌道と木星軌道の間には、小さな惑星が無数に存在する帯状の軌道があり、その惑星群が地球近傍小惑星ＮＥＡである。

そして、その中でも特に地球と衝突の可能性の高い惑星を、潜在的に危険な小惑星、いわゆるＰＨＡと呼び、現在１０００個以上ある。

「幸司君、恐竜がなぜ全滅したのか明らかではないが、ユカタン半島での調査から、約６５５０万年前に地球に衝突したＰＨＡが大型の恐竜を全滅させたと言われているんだ」

鈴木先生の話では、人類が滅亡しないように、ＰＨＡを発見・監視し、地球への衝突に備えてＰＨＡを破壊したり針路を変えさせたりするプロジェクトが世界各地で行われているらしい。

「今、君のお義父さんが言っていた捻れのスイッチは、私は、このＰＨＡしかないと思う」

また、先ほどまで二人で議論していたと言い、

「巨大プレートは小笠原諸島以外にも日本に存在するが、近々、あるＰＨＡが地球に最接近し太陽と地球にほぼ直線上に並ぶ場所が小笠原諸島にあると私は思う。そして、計算上、その直線が父島付近の無人島の洞窟内部を貫く可能性は極めて高い」と断言した。

ＰＨＡなどの小惑星を専門としている先輩の予想を、隣に座っている清もかなり確度が高いと考えているようである。

「ただね」と前置きし、幸司を気遣うように、鈴木先生は、

「このＰＨＡは惑星重力の影響を受けやすいため、公転軌道は急に変化して予測どおりにならない可能性が高いんだ」と言った。

前回の石鎚山の場合は、金星の自転を捻れのスイッチとしたが金星は自転速度が遅いため不向きであったのかもしれないと清は謝った。

今回のＰＨＡは、軌道は予測しにくいが回転速度は圧倒的に速いため、急激な捻れは起こりやすいと思われる。

したがって、うまく太陽と地球の直線上に並べば可能性は前回より高いが、一直線に並ぶかどうかは最終的に祈るしかない。

続けて義父は、光速で移動する乗り物やタイムマシーンのようなものがない現状では、この偶然に頼るしかない。

奇跡を信じるしかない。

しかし、天文学者として、その奇跡が起こる確率の高さには二人とも自信があると言い切った。

「ただ、幸司君、たとえ成功したとしてもそのエネルギーによって全てが極小サイズに捻りつぶされる。つまり、君もその急激かつ膨大な捻れの磁場の中に押しつぶされるんだよ。そして、君は必ず死ぬことになるんだ。

だから、過去を変えることは絶対にできない。そう、私は思う」

そして、じっと幸司の目を見つめながら、最後に義父は懇願するように言った。

「幸司君、君が死んでしまえば真理子はどうなるんだ。私自身、子供を二人も失うことになるんだよ。君は死んではだめだ。

もう一度言う。過去を変えることは絶対にできないんだ」


夕日も沈み、駅までの道の両側に建つ住宅の窓には明かりが灯っている。

暗がりの帰り道を歩きながら、ワイヤレスイヤホンからは幸司が好きなグループの歌が流れてくる。

彼らの楽曲のなかでも、一番好きな歌だ。

前向きな歌詞を乗せて流れる美しいメロディーを聞きながら、幸司は考えた。

過去を変えたことによって、真理子を助けることができるなら、大きな代償を払っても構わない。自分が身代わりになっても構わない。

やはり、幸司は、未来から現在への帰還があるのであれば、過去への逆行もありうるのではないのかと思うのである。

そして、表舞台に記録された歴史ではなく、記録されず片隅に埋もれた名もなき歴史、すなわち自分を含めた市井の人々の歴史ぐらいであれば変えることはできるのではないだろうか。

歴史には様々な大きなエポックが存在する。

例えば、日本史上、最大の転機の一つである有名な本能寺の変がなければ、織田信長が天下を取っていたであろうし、それにより欧米列強に肩を並べる強国になっていたかもしれない。

また逆に植民地化していたかもしれない。

ただ、それだけの事であって、それもまた歴史として定着したであろう。

その本能寺の変で、大きく歴史を転換させた明智光秀が歴史上に登場するのは、斎藤道三に味方したことで、その子義龍に敗北し、朝倉義景を頼って越前に逃げ延び、そして将軍足利義昭と出会った頃からである。

その数年で一気に歴史の表舞台に登場する。

それ以前の半生は謎のままである。

しかし、光秀にとっては、越前以前も以降も、光秀自身の歴史そのものであり、何ら異なるものではない。

つまり、記録に残っているかどうかの違いだけであり、光秀が、越前以前よりもそれ以降に輝きを見せ、良くも悪くも、本能寺の変において燦然と輝くのは、単に後世の人々にとって興味深い記録かどうかだけである。

現実とは現在の一瞬一瞬の重なりであり、過去というものは、現在に記録がなければ現実のものとはいえない。

その記録量が多く詳細で刺激的であるほど、歴史にとって重要で価値あるものとなり、そして、その既に決定し記録された歴史を変えることは絶対にできないのである。

しかし、池に小石を投げて起きた波紋が徐々に大きく、次第に弱くなっていくように、記録されない歴史、すなわち市井に暮らす名もなき人々の歴史を変化させたとしても、記録された歴史にまでは影響を及ぼさないのであれば、その行為は許されるのではないだろうか。

そんなことを考えながら歩いていると、いつの間にか駅のホームに立っていた。

電車は今、行ったところで、考え事をせず歩いていれば間に合っていたかもしれない。

誰もいないホームのベンチに座り、やはり、明日一人で小笠原諸島へ行こうと決心した。

9　小笠原諸島

幸司は朝まで一睡もせず、小笠原諸島へのアクセスについて調べた。

東京から小笠原諸島へは定期船としてフェリーが就航しているが、所要時間は24時間で、6日に一便しか運航していない。

これでは時間が掛かり過ぎるため、幸司はまず飛行機で八丈島へ行き、そこから小笠原諸島までは船に乗ることに決めた。

八丈島は、伊豆諸島のひとつで、風光明媚で自然豊かなこの島が、区分的には東京都に属しているのが不思議である。富士火山帯に属し活火山である八丈富士を有する。

羽田から飛行機に乗り八丈島空港に降り立った幸司は、初夏というよりは真夏のように照りつける日差しに驚いた。

タクシーに乗り、ホテルへは、やや遠回りになるがせっかく八丈島まで来たので、海沿いの道を走ってもらった。

途中左手に、一万年以上前に噴火した八丈富士の溶岩が冷え固まって造られた南原千畳敷が見えてきた。網目状の玄武岩質溶岩で形成された大地で、海沿いに長さ500m、幅100mの、まさに千畳敷という名前にふさわしい場所である。

興味深く眺めている幸司に、運転手が訛りのある島言葉で話してかけてきた。

「お客さん、この南原千畳敷はパワースポットとして有名なんですよ。最近は若い女性もたくさん観光に来られて、インスタ映えすると言ってよく写真を撮ってますよ」

確かに南国の雰囲気の中にありながら、ここだけは黒々した大地であり、またその向こうに広がる紺碧の海がコントラストをなし、パワースポットと言われるのも頷ける。

ホテルに荷物を置き、今来たタクシーですぐに港へ行く。

観光で島を訪れる人間がほとんどであるのに、幸司があまりにも急いでいる雰囲気が訝《いぶか》しげであったのだろう。

運転手が少し気遣いながら話しかけてきた。

「お客さんは何か仕事で来ているんですか？」

「仕事ではないんですが、ちょっと八丈島についていろいろ調べているんです」

無難な答えが余計に運転手には怪しげに聞こえたようで、幸司は申し訳ない気持ちになった。空港に着いたときから感じていたが、この島の人々は純朴で優しい。

八丈島には港がふたつあるが、ホテルから近い八重根港に直行してもらう。

港のはずれにはすでにチャーターしている漁船が停泊している。遠目からでもわかるほどに日焼けした、いかにも素朴な印象の老人が舳先に立っており、幸司は安心した。

近くに寄って交わした挨拶から、とても感じの良い気さくな、しかし気骨のありそうな船頭であることが伝わってきた。

ごつごつした手で優しく幸司の手を取り、甲板に誘導してくれる。

すぐに、もやいを外し船は出発した。

穏やかな凪の海だが時折立つ小さな白波が真夏のような日差しに煌めく。船酔いをしやすい幸司にとっては絶好の航海日和である。

老人は普段は漁師をし、あまりこんな仕事は受けないらしい。

東京から小笠原諸島までのフェリーでは時間が掛かり過ぎるため、東京から八丈島まで飛行機で移動し、その後は島でチャーターした船で行くしかないが、太平洋の荒波の中、遠く小笠原諸島まで危険を冒して船を出してくれる人などいないのである。

ようやく知人を通して探し当て、予約した時には、魚釣りのためであると言ったが、漁師を生業としてこの地域に暮らしている人にはそんな嘘など通用するわけもない。

何か事情があることは簡単に察知されているようであったが、この老人は敢えてその理由には触れずにいてくれた。その朴訥な人柄に、幸司はこの人であれば無理も聞いてくれそうだと思った。

まだ湾内のため注意深く運転をしながら、左舷中央のデッキに座って気まずそうにしている幸司を気遣って、老人は八丈島の歴史について話し始めた。

この島が昔は流人の島であった事は幸司も知っている。

しかし、老人から聞く流人の歴史は想像を絶するものだった。

記録に残っている流罪人は、平安時代に流罪地伊豆大島から渡来した源為朝や関ヶ原の戦いで西軍石田三成に与《くみ》した宇喜多秀家などである。しかし、ほとんどが歴史に記録されていない名もなき流罪人たちであり、その罪名も多くは喧嘩や博打など微罪に当たるものであった。なかには犬を殺したため生類憐みの令に問われ遠島になった者もいた。

農地の少ない八丈島は年間を通して五穀や野穀が不足がちで餓死するものも多く、また地理的に大暴風に見舞われることも多いため、八丈島への流罪が決まると絶望感に襲われるものがほとんどであった。

飢饉の際には、海に出て魚や貝、海藻などを採ったり、野山で野草や木の実を集めるなどをして飢えをしのいでいたという。

そんな話を聞き、後ろを向いて彼方の本州を見ながら幸司は思う。

極限の状況下で、はるか遠く故郷を思いながら、罪を犯したことを悔やみ、できることならやり直すために、過去へ戻りたい、時空を飛び超えたいと幾度となく思った流人も数多くいたのではないだろうか。


水平線の上に浮かぶ雲をボーッと見ていると、突然、

「帰りはどうするね？」と老人が聞いてきた。

下手な嘘などお見通しであろうとは思いながら、幸司は、

「キャンプの用意をしているので迎えは結構です。必要な時は別便で帰ります」と誤魔化した。

しかし、過去へ戻った場合どう帰ればよいのか。大学生時代にヨット部であった幸司は一級船舶免許を持っているため、最初、クルーザーをチャーターし自分で操縦して行こうと考えたこともあった。

しかし、うまく過去へ行くことができた場合、乗ってきたクルーザーはその過去にはない。もちろん、今乗っているこの船もない。帰る手段が全くないのである。

そう考えていると、

「お客さん、本当は何をしようとしてるんだね？」と、遠く前方に微かに近づいてきた父島を見ながら老人が言った。

船に乗り、かなり時間も経つが、その間この老人は八丈島の歴史については詳しく説明してくれたが、幸司が何をしようとしているかについては一切触れることはなかった。

その人柄に幸司は、この人であれば信頼できると判断し全てを話した。

黙ったまま、最後まで聞き終わった老人は、

「ワシには難しすぎてわからんな。それに過去へ行ったのであれば、ワシにはどうすることもできんな」と言った。

しかし、しばらくして次のようなことを話してくれた。

ワシの連絡先を渡しておく。君がどれくらい前の過去へ行くのかわからないが、ともかく連絡してくれ。連絡されてもその過去にいるワシは君を知らないし、戸惑うかもしれない。でも根気よく説得してくれれば、おそらくワシは君のために船を出すと思う。そして、わけも聞かず、無人島にいる初対面の君を船に乗せると思う。

そう、老人は言った。

涙が溢れた。

こぼれてはいないが確かに幸司の目には涙が湧いている。

泣いている事を悟られないように水平線を眺めながら、どう感謝しても足りないくらいの温情に頭を下げた。

そして老人は、自分には難しい話だとは言いながらも、過去に突然現れた幸司によって自分の過去も変えられ、そこから始まる二人の未来は今とは違うものになるため、今こうして出会っている瞬間はその未来にはないということにも気づいているようである。

船はやがて目的の島に到着し、幸司は下船する前に携帯電話の作動状況を確認した。父島に近いためわずかに電波が届き圏外にはなっていない。この老人と連絡が取れる事を確かめて、幸司は船を降りた。

老人は船を旋回させながら、

「頑張れよ。また、会えるといいな。過去でな」とだけ告げる。

その背中に一礼をし、幸司は出発した。


義父の話では、この小さな無人島にある洞窟は海に面しており、満潮時は海に隠れているが干潮時に一部姿を表すため洞窟内へ入ることができるということであった。

干潮時の時刻を調べ、波に体を濡らしながら一日中探したが目的の洞窟は見つからず、明日は島の反対側を探してみようと思った。

軽い夕食を摂っていた時、携帯電話の着信音が響いた。

雅夫からであった。

嫌な予感を抱き電話に出ると、案の定、真理子の容態の悪化についてであり、しかも危篤状態であるという。しかし、南海の孤島にいる幸司にはどうすることもできないので、なんとかよろしく頼むとだけ告げて電話を切った。

無力な自分が悔しかった。

夜は少し肌寒かったのでウインドブレーカーをはおって茂みで寝る。

見上げる空には、満天の星が輝いており、まさに降り注いでくるようである。

そういえば、義父と初めて天文学会で出会った時、研究者たちが話していたことを思い出した。

地球からの距離が1光年の星を見る場合、見ている光はその星から1年前に発せられたものであるため、1年前に1光年の距離にあったその星を今地球で見ていることになる。

仮に、たった今その星が何らかの原因で消滅したとしても、地球からはその星の1年前の光しか見ることができないため、見かけ上、1年間は星がまだ存在しているように見えるというものだった。

ついこの前のことだが、孤島に一人いる自分にとっては随分昔のように感じ、また彼らとの話はとても楽しくて懐かしく思える。

今、見えている星空の光は、一体どれほど前に光ったものだろう。

そして、石鎚山の時、運命を変えることが出来なかった「明けの明星」として有名なあの金星は今何処にあるのだろう。

東の空を探したが見つからなかった。

そうか。この時期は「宵の明星」だ。

そう思い、西の空を見上げると、まさに金色の星がひときわ輝いている。

そして、その西方の夜空の下には今苦しんでいる真理子がいる。

この状況を打破するにはなんとしてでも明日成功させるしかない。

今回、義父と鈴木先生が教えてくれた小惑星ＰＨＡもこの空の何処かにあるのだろう。

夜の砂浜に寝転びながら、都会で生活しているだけでは、これほどの星があることには気付かなかっただろうと考えながら、この同じ光景を昔の流人達も見ただろうと思う。

逆境にはあるが自分はまだ幸せだなと感じ、疲れていたのか、いつの間にか幸司は眠っていた。

朝は波の音で目が覚めた。

気温も上昇しており、上着を脱いですぐに出発の支度をする。

島の反対側に向かい、島中央の岩山にも洞窟らしきものが見えるが、波打ち際の岩礁付近をくまなく探した。

満潮時は海に隠れているが干潮時に一部姿を表すという洞窟。怪しいと思う洞窟があるが波が強く近寄ることができない。

時計を見ると、最大干潮時刻の午前10時である。

ようやく波が引いた岩礁の一部に隙間が見えた。

たまに大きな波しぶきが体にかかるため、慌てず慎重にその隙間に体を入れていく。

義父の言うＰＨＡが最も近づく午前11時58分には間に合いそうだ。

洞窟内部は、石鎚山の洞窟よりかなり広く、すぐに二手に分かれる通路状の空間がある。

左側の空洞には潮が満ちていたときの海水が溜まっていたため、右側を選択した。

少し進むとほぼ垂直に降りる空洞がある。その先にも何カ所かの空洞がありかなり複雑で大きな洞窟であることがわかる。

危険であることを承知でもう少し奥へ進むと、開けた空洞があった。

これ以上進むと帰ることができなくなりそうで幸司は諦めて、この場所に荷物を降ろした。

そして、義父が教えてくれた理論を頭のなかで反芻する。

北半球に存在する人間が過去へ行く場合、北極側であるN極の磁極を右回転させて磁場の向きも右回転すなわち時計回りに捻る必要がある。

そのために、反時計方向に高速回転するＰＨＡを利用して、フィリピン海プレートの下層へ引きずり込まれ蓄積された太平洋プレート先端の膨大な圧力を跳ねあがらせると同時に発生した磁場を時計方向に捻る。

そして、そのエネルギーにより、時空の中に存在する現在と過去とをワームホールで繋ぎ、波紋のように、そのワームホールを連続させていく。

はるか昔へ行くことは不可能だが数日前の過去であれば可能かもしれない。

ただ、ＰＨＡは惑星重力の影響を受けやすいため、地球に近づくことにより公転軌道が急に変化して予測どおりにならない可能性が高い。

前回の石鎚山の金星よりも計算は難しく、太陽・地球そしてＰＨＡが直線上に並ぶには、計算できない何らかの偶然性が必要かもしれない。

私は天文学者だから、自分の理論を信じたい。しかし、たとえ理論が崩れても、予測できない偶然が重なり奇跡が起こることを願いたい。

そして、確か、義父は最後に次のように話していた。

人間は環境の変化により徐々に進化を遂げるが、ときに発生する偶然によって突然変異を起こし、一気に時間が進み意外な進化を遂げることがある。

同じように、一気に時空を跳躍し過去へ行くためには偶然の発生が必要だと思う。

以前、君が私に教えてくれた５００円硬貨の話のように、その偶然とは何か、それは私にもわからない。

義父の言葉は祈りにも近く、幸司と真理子を何としてでも助けたいという熱い思いだけが幸司の胸を強く打った。

最終章　時空を超えて

幸司は暗闇のなかで身を横たえ、じっと時を待つ。

石鎚山同様やはりこれから起きることに恐怖を感じる。

洞窟内では地の底から軋むような地球の胎動とうなるような響きが繰り返し聞こえる。

海底の岩に海水が砕け散るような音ではない。まさに海洋底地殻変動が爆発する直前の叫び声のようである。

その音と震動にふるえながら幸司はやがて眠りに落ちた。

どれくらい経っただろうか。

深い眠りのなかで、爆発音とともに強い衝撃を体に受け目が覚めた。

耳をつんざく轟音と地響きのような震動、そしてマグマが噴出するような灼熱感が身体を圧迫する。

石鎚山とは違いすぐに状況が判断できた。

胸が締め付けられるように苦しくて息ができない。左前腕で脈拍を測るが心拍数はいつもの半分以下しかない。しかし、脈圧はかなり強く感じられ、血圧がかなり上昇しているようである。

洞窟の入口から今いる場所までの経路は何度も頭のなかで確認しているので、懐中電灯の明かりを頼りに意外と早く外へ出ることができた。

そして、外の空気を吸って少し楽になり、落ち着きを取り戻した幸司は、周囲を見回した。

過去へ行くことができたかどうかを確認するために洞窟の外に置いてきたリュックサックは消えており、自分は過去にいる可能性が高いと思った。

太陽は眩しい光線を放ちながら、水平線上にあり、清々しいが少し冷ややかな空気の感じでは早朝6時頃だろうか。

携帯電話の画面を確認するが、表示時刻は6月10日　11：58で止まったままである。

幸司が洞窟内に入った日付であり、義父がＰＨＡの最接近を予想した時刻である。

すぐに例の老人に連絡をすると、コール音があり、通話機能は保たれているようで安心した。

「この電話で全てがわかる」

もし、電話に出た老人が幸司を知っていたら現在のままであり、知らなければ過去へ行けた可能性がある。

10回程のコールがあったがなかなか出ない。

まだ寝ているのか、それとも見ず知らずの番号に警戒しているのだろうか。

後者であって欲しいと思った時、電話口からあの老人の懐かしい声が聞こえてきた。名前を告げるとしばらく間があり、そして、「どちら様ですか？」と言う返事が返ってきた。

嬉しさが込み上げ携帯電話を持つ手を握りしめた。

過去へタイムリープしている。どこの過去かはわからないが確かに過去へ行くことができたのだ。

そして、電話では、やはり最初は怪訝な感じであったが、老人に言われた通り根気よく説明し迎えに来てくれるよう頼むと、島まで来てくれると言う。

安堵した幸司は海岸の砂浜に腰を下ろし、船を待った。

真っ青な空には、絹のような光沢をもった巻雲が白い羽根のように浮かび、鴎が群れを成して飛び交っている。青海原には時折名も知らぬ魚が飛び跳ねる。幸司は、自分が今までこれほどの美しい自然に囲まれていたことに初めて気づいた。そして、今座っている砂浜に緩やかに打ち寄せる波の音が優しく聞こえてくる。小さな無人島に居ながら、極度の緊張の中では、潮騒さえ自分の耳には届いていなかった事が本当に不思議だ。

時が過ぎ、やがて、遠くに見える漁船がだんだんと近づいてくる。

運転席から僅かに見える顔はまさしくあの老人であった。

島に接岸した船に飛び乗り挨拶をするが、やはり老人は幸司のことを知らない。

しかし、あの時、老人が言ったように、まさしく初対面の幸司のために危険を冒してまで船を出して迎えに来てくれたのである。

すぐに出帆し、振り向くと、奇跡を起こした小島がもう遠くに見える。

行きと同じく左舷中央に座り、運転している老人に恐るおそる聞いた。

「お爺さん。今、何年でしたっけ？」

「えーと、2020年だろ」

「今日は何月何日ですか？」

「変な事聞くねぇ」

いくらさっきまで無人島にいたとは言え、日付ぐらいわかるだろうと老人は思ったのだろう。

やや訝しむ感じで、

「6月1日だよ」と言った。

よし、やはりタイムリープしている。

確かに過去へ行く事ができている。

幸司は、身を震わせながら喜んだが、今日は事故発生の日であることに気がついた。やはり、過去へ行けたとしても10日前後しか行くことはできないのだ。

問題は今何時であるかだ。

太陽の角度からするとまだ午前中の感じがする。

時間を聞くと、腕時計で確認した老人は今11時50分だよと言った。

これでは、事故が発生する時刻に間に合うかどうかわからない。

日付や時間ばかり気にして狼狽《うろた》えている感じが、老人に伝わったのだろう。

「一体どうしたんだい？」と聞いてきた。

この親切な老人には、実際は以前すでに話してあるのだが、今回の事情をもう一度詳しく説明しておく必要があると幸司は思った。

過去へ行かなければならなかった理由。

老人にとっては初対面だが幸司にとっては二度目であるという事。

そして自分のために二度も遠くまで船を出してくれた事など。

それを証明するため、以前老人が幸司に渡してくれた連絡先のメモを見せた。

初対面の人間から渡されたメモに、自分の電話番号が書いてあり、それが自分の筆跡である事にかなり驚いたようであった。

すべての事情を話し終わり、ここからは運に任せるしかないと幸司は思った。太平洋の遥か小島から事故現場まで、船、飛行機、そして車を乗り継いで行く。すべてのアクセスがうまくいっても間に合うかどうかわからない。

そう覚悟し遠くに見える八丈島を眺めていると、急に船のスピードが上がった。明らかに船のスピードが上がっている。

操舵室からは老人の叫ぶような声が聞こえる。

「しっかり掴《つか》まっていろよ。前方の水平線を見てれば船酔いなどせんから」

船の舳先が上下に大きく揺れながら波を切り裂いていく度に、しぶきが顔にかかる。

エンジンは最大出力でピストン運動しているため、機関室からは悲鳴をあげているような金切り音が聞こえる。

速い。かなりのスピードで走ってくれている。

風は南からの追い風、波もなく、自然のすべてが応援してくれているようだ。

躍動するような船に叩きつけられて吹き上がる波しぶきにずぶ濡れになりながらも、照り付ける太陽の日差しと相俟《あいま》ってちょうど心地よい。

やがて八丈富士の輪郭がくっきりと顕《あらわ》れてきた。

八重根港に着き、幸司は老人に、何度も何度も礼を言い、再び八丈島に降り立った。

老人は船の上から、

「二度とこんな航海はごめんだな」と笑いながら幸司に言い、そして、

「必ず、奥さんを助けるんだよ」と励ましながら、じゃと言って右手を挙げた。

この人に出会ってよかった。本当に運がよかったと思い、そして、この強運がこのあとも続くことを願い、タクシーで八丈島空港へ向かう。

念のため、空港の売店に直行し、新聞を買い日付を調べた。

一面トップには総理大臣が内閣改造に着手した記事が載っている。しかし、内閣改造どころか、全ての大臣の顔ぶれをすでに幸司は知っている。

紙面右上の日付は２０２０年6月1日だ。

やはりタイムリープしている。確かに過去へ行く事ができたのだ。

しかし、空港出発ロビーカウンターに掛かっている時計の針はもう夕方4時を指している。

すぐに、八条島空港から羽田空港に着いた後のアクセスを調べた。

羽田空港から、伊丹空港と関西国際空港への搭乗時間はほぼ同じであるが、一刻の猶予も許されないため、乗り継ぎ時間のロスのない関西国際空港への便を選んだ。

八丈島から55分で羽田空港に着き、関西国際空港行きの搭乗口へ向かう。

東京で開催される学会へ行くときには、行きはだいたい新幹線を使うが、日帰りの学会の場合は、帰りも新幹線では疲れるため、気分転換に羽田から飛行機で帰ることも多い。そのため、関西国際空港行きの搭乗口はよく知っている。迷うことなくすぐに飛行機に乗ることができた。

席は前から5番目の窓側である。

飛行機で大阪までは約一時間で到着するため、寝る暇もなく着いてしまう。

しかし、今はその一時間が何時間もの長さにも感じられる。

普段のように仮眠を取って時間をつぶす気にもなれず、窓の外ばかり見ているとたまたま左側の席に座ったため、眼下には雲海の合間から紺碧の海が見える。

その海にはわずかに小さな島々も見え、そのどれかが奇跡を起こした小笠原諸島の無人島であり、またお世話になった親切な老人が住んでいる八丈島であろう。

やがてその島々も翼の下に隠れ、見えなくなった。

急ぐ気持ちはあっても、どうすることもできないなと自分を落ち着かせながら、ずっと窓の下を眺めていると、真っ白な雲海がスクリーンのように見えてくる。

そして、予想もつかない結末ではあるが、しかし幸司が最も希望するラストシーンがドラマのように映し出される。

最終着陸態勢に入ったアナウンスが流れ、シートベルト着用サインが点灯したが、搭乗中外すことも忘れてずっと締めていたことに初めて気づいた。

飛行機が関西国際空港へ着陸し、ゆっくりとターミナルビルへ誘導される。

すでに乗客全員が立っており、搭乗橋が飛行機に接続されるまでの時間があまりにも遅く感じられるが、幸いにも幸司は前から5番目の席に座っていたため割と早く機内から出ることができた。

ターミナルビルの待合室を横目に見ながら、動く歩道には乗らずに走って乗客達を追い抜いていき、到着口からすぐ外に出ることができた。

タクシー乗り場先頭に止まっている白色のセダンに乗るとすぐに行き先を告げ、事情があって急ぐよう頼むと快く引き受けてくれた。

空港と本島を繋ぐ連絡橋を渡り、左手に海を見ながら走る。

いつもの見慣れた景色が続く。

やがて、左前方に、阪神工業地帯を象徴する近未来的な工場群が見えてきた。

昼間は無機質な風景であるが、夜は無数のライトが星空のように灯り、幻想的な光景になる。

もうすぐだ。間に合うかもしれない。

幸司のただならぬ雰囲気を察知したのか、運転手は一言も喋ることなくハンドルを両手で強く握りながらやや前かがみで走り続けてくれている。

幸司も硬直するかのように両手に汗を握る。

幸い渋滞もなく、右追い越し車線前方には全く車が見当たらない。

阪神高速湾岸線大浜出口を降りると、あとは往来の激しい中央環状線をまっすぐ走るだけだ。

もっとスピードを出してくれと頼むがこれ以上は危険だと窘《たしな》められる。

いつもは必ず赤信号で停車させられる大通り交差点も通過することができた。

全ての信号が赤信号にならないように祈りながら幸司は焦るがこればかりはどうしようもない。

そして、右手に仁徳天皇陵が見え、やがてあの事故現場に近づく。

この信号を左に曲がればあの場所だ。

時計は事故発生の1分前の6時53分を指している。

間に合うかもしれないと思ったとき、最後の信号が赤に変わり車は停止した。

これ以上は待てないと決心した幸司は、釣りはいりませんと言って一万円札を運転手に渡し、自分でドアを開け、走った。

赤信号の交差点を左に曲がると、すぐ目の前には、本当の過去に存在する自分と真理子がいた。

笑いながら腕を組み、歩いている二人がいる。

その不思議な光景を見て、確かに過去へ行くことができたことを幸司は確信した。やはり過去に行くことができたんだ。しかし目の前の過去を変えることはできるのだろうか。

ただ、そこから始まる、既に決定した歴史という流れる景色を眺めるだけであり、再び同じ景色を進んでいくだけかもしれない。

そう思った幸司だが、目の前の二人の背後にはあの黒のワンボックスカーが迫っている。

ドッペルゲンガーのことなどは、もうどうでもよかった。

そんなことを考えるよりも前に、幸司はすでに走り出していた。

一瞬早く、車と真理子の間に入り、真理子をかばった。

跳ね飛ばされた幸司は強烈な打撃を受けた。

車に跳ねられるというのはこういう感じなのか。今回は事前に車に跳ねられることがわかっているため、冷静に分析することができた。

しかし、最初の事故、すなわち本当の過去の事故とは違い、確かに衝撃はあるもののあまり痛みもなく、やや違和感を持ちながら幸司はゆっくりと暗闇の中へ落ちていった。

病室の薄茶色のカーテンは開け放たれ、窓からは爽やかな朝の光が注ぎ込んでいる。テーブルに飾ってあるガラスの花瓶には、幸司の好きな濃いピンク色の薔薇の花と、それを包み込むように白いかすみ草が生けられ、殺風景な病室を潤している。

部屋の外の廊下からは、看護師たちの慌ただしい声、そして配膳車や回診用ワゴン車の動く音が聞こえ、病棟の朝の忙しさが伝わってくる。

その騒音によって余計に病室の静けさが際立ち、真理子を不安にさせる。

ベッドに横たわる幸司には、暗闇の中で、自分の名前を呼び続ける真理子の声がかすかに聞こえる。

もしかして、過去を変えたために自分は死に、真理子は助かったのではないか。

そう思った瞬間、左腕に激痛が走り目が覚めた。

そこには、涙ぐむ真理子が立っている。

「幸司さん」

そう言って真理子は幸司の手を握った。

自分は死んではいない。真理子も元気だ。

さほどの代償もなく二人は助かったのである。よかった。

やはり過去を変えることができたんだ。そして、二人は助かったんだ。

しかし、幸司は真理子から、衝撃的かつ意外なことを聞かされる。

自分たちは助かったが、義父が車に跳ねられて死んだという事実。

実は、幸司は、車に跳ねられる直前に黒い影が横切ったのを見ている。その後、金属性車体の感触というよりは、やや弾力を有する物体のようなものに跳ねられた違和感があったのである。

車が近づいた直前に幸司が見た黒い物体は、幸司と真理子を助けるために車の前に飛び込んできた義父だったのである。

そして、幸司は車ではなく、車に跳ねられた義父に跳ね飛ばされたことを知った。

幸司と真理子は軽症。義父は即死であった。

過去を変えることはできたが、そのためにはやはり大きな代償を伴うのである。

義父の葬儀は既に終わっている。

幸司は10日間も眠っていたのだ。

雅夫の話では、左腕に打撲を受けただけなのに、10日間も眠っているのはおかしいが、頭部や腹部CT画像には異常は見られなかった。ただ、ストレスを反映するホルモンである血中コルチゾルの値が異常に高く、跳ね飛ばされた以外に何か膨大な圧力が身体に負荷された可能性が考えられるということであった。

病室で真理子と二人だけになり、幸司は真理子から一通の手紙を渡された。

宛名は幸司と真理子二人であった。

「この手紙は亡くなったお父さんのジャケットの内ポケットに入っていたの」

遺書ともいえる手紙には次のようなことが書かれてあった。

幸司君　真理子へ
君達がこの手紙を読む頃、おそらく私は死んでいると思う。

おそらくというのは、私自身にもどうなるか予想がつかないからです。

死んでいる場所も時間もわからないし、遺体自体も発見されないかもしれない。

過去へ行くことは不可能で、たとえできたとしても必ず体は破壊され死んでしまう。

それでも幸司君が命を懸けて真理子を助けようとしてくれることに、私は感謝を示したい。

そのためには、私自身が幸司君よりも早く過去へ行き、君達を助けるしかないのです。

幸司君のためだけでなく天文学者である自分自身のためにも、私の理論が間違っていることを強く願う。

幸司君、有難う。本当に有難う。最後に、真理子をよろしく頼みます。

手紙を読み終えた幸司は、自分があの洞窟に入る直前には、すでに義父が入っていたことを知った。

おそらく義父も幸司と同じ手段であの洞窟へ行ったのであろう。そして、その後の行動も自分とほぼ同じであったと思う。

違ったのは、義父が自分より少し前の過去に戻ったということだけである。

あの洞窟から生還できた時、幸司は生きて過去へ戻ったという喜びがあったが、義父には、自分の理論が間違っていたという学者としての虚無感も伴っていたのではないだろうか。


夕方、退院許可がでた幸司は、雅夫に礼を言って真理子と病室を出た。

お世話になった看護師たちが笑いながら真理子と話している。

幸司が眠っていた間、彼女たちが真理子を励まし続けてくれたのだろう。

4階外科病棟の看護師詰め所の前には4基のエレベーターホールがある。

そのうち1基のドアが開き、誰も乗っていないエレベーターに乗り、真理子は1階ボタンを押した。

真理子が立っている前には、目的フロアを指定する1から10の階床ボタンがあり、そのボタンの横にはそれぞれの階の案内表示がある。

2階ボタンの横には、真理子が入院していたあのＩＣＵの文字があるが、そのことを真理子は知らない。

その後ろ姿を見ながら、このたった10日間ほどの短いようで、永遠のように長く感じられた出来事を、幸司はこの先ずっと胸に秘めていこうと思った。

その2階を素通りし、1階エントランスホールで降りると、その向こうの正面玄関から少し眩い夕映えの光が差し込み、フロアをオレンジ色に染めている。

広々としたロビーは、時間的にもひっそりとしており、患者や見舞客はまばらである。

支払いを済ませ、正面玄関を出て、駅へ向かった。

各駅停車の電車に乗り、スマホで事故翌日の新聞記事を検索する。

一面には、改造内閣全閣僚の集合写真が掲載されている。

この市井の過去の小さな変化によって、歴史が影響を受けることも、また変わることもなかったのである。

おそらく事故当時、周囲にいた人々の過去や未来は多少変わったかもしれないが、その波紋が歴史を変えるぐらいまで広がることはなかったのである。

ただ、この日の新聞の片隅には、名もなき老人の小さな死亡記事が掲載されただけであった。

記録されない歴史の中でも、人々は懸命に生きている。

大切なもののためには命をも惜しまない。

そして、ときには、記憶されるだけの歴史の方が尊いこともある。

幸司はそれを知っている。

このたった一行の新聞記事の中に存在することを幸司は知っている。

幸司と真理子はプラットホームに降り、どこにも寄らずに家路についた。

いつもと違い、駅裏改札口から出て坂を登っていく。

10日前、絶望の中に身を置きながら、この坂道をたった一人で駅まで下っていったことが遠い昔のように思われる。しかし、今、幸司の左横には、穏やかで優しい微笑みを絶やさない真理子が寄り添うように歩いている。

やがて反正天皇陵の森がゆっくりと丘の上に姿を現してきた。

方違神社の鳥居をくぐり、二人で感謝を伝えるため、拝殿前に立って賽銭を奉納する。

幸司は持ち合わせがなかったため、真理子が10円玉をくれた。こんなときでも、女性はあまりけち臭いとかはないらしいと幸司は思いながら、10円玉を賽銭箱に緩やかに投げ入れ、今回の礼を述べ、義父の冥福を祈った。

そして、明日、義父の墓前へ二人で行こうと話し合った。

まだ昼間の暖かさが残っている神社の森の中を歩きながら、

ふと、そういえば、

――あの５００円硬貨はまだ賽銭箱の中にあるのだろうか――

そして、

――その５００円硬貨は、５００という数字を表に向けて横たわっているのだろうか――

そんなことを考えながら、振り返って賽銭箱を見つめていると、夕日に照らされた陵墓の周濠の水面を一陣の風が通り過ぎていき、太古の昔から鎮座する巨大古墳が少し動いたような気がした。

結月　弘（ゆづき　ひろし）

1957年堺市生まれ。関西医科大学卒業。大阪大学医学部第二外科入局。市立西宮中央病院外科で研鑽後、大阪大学医学部第二外科にて医学博士号取得。近畿大学医学部非常勤講師を経て現在、内視鏡医として開業。著書『大腸内視鏡挿入法』。

時空の波紋

2020年10月31日　初版第1刷発行

著　　者　結月　弘
発 行 者　中田典昭
発 行 所　東京図書出版
発行発売　株式会社 リフレ出版
〒113-0021　東京都文京区本駒込 3-10-4
電話 (03)3823-9171　FAX 0120-41-8080
印　　刷　株式会社 ブレイン

ISBN978-4-86641-371-6 C0093
Printed in Japan 2020